www.tredition.de

AF202942

Rüdiger Koch

Lesewoche

7 skurrile Geschichten

www.tredition.de

© 2015 Rüdiger Koch

Verlag: tredition GmbH, Hamburg

ISBN
Paperback: 978-3-7323-5862-5
Hardcover: 978-3-7323-5863-2
e-Book: 978-3-7323-5886-1

Printed in Germany

Rüdiger Koch

Lesewoche

7 skurrile Geschichten

Inhalt

Ausgefuchst und Schwein gehabt

Prolog

Zu fortgeschrittener Stunde hatten die meisten Teilnehmer des privaten Doppelkopfturniers bereits das eine oder andere Glas vom süffigen Spätburgunder Weißherbst getrunken, der von den Gastgebern des Abends immer wieder großzügig nachgeschenkt worden war.

Nach einer mehr als zweimonatigen Pause wollten die acht Anwesenden - es waren überwiegend Lehrkräfte am Erwachsenenbildungskolleg in Schachtwald - endlich einmal wieder ihrer Spielleidenschaft frönen; entsprechend gelöst war die Stimmung im Raum. Gespielt wurde an zwei Vierertischen.

Petra hatte wie gewohnt wieder einmal ihre Augen überall gehabt und mit schnellem Blick ihren Mitspielern an Tisch 1 in die Karten geschaut. Folglich wusste sie längst, mit wem sie bei diesem Spiel zusammenspielen würde und mit wem nicht. Aufgrund ihrer geheimen „Karteneinsicht" war sie sich sicher: Es würde nicht Walter sein. Dieses Wissen hielt sie jedoch nicht davon ab, sich mit einem als Hilfe deklarierten Angebot direkt an Walter zu wenden: „Wenn du *Sorgen* hast, kannst du sie jetzt loswerden", säuselte Petra mit unschuldsvollem Blick, aber auch mit einer gewissen Ungeduld, was man an ihrer linken Hand ablesen konnte, die außer Kontrolle geraten zu sein schien und nervös auf die Mahagoniplatte des ersten Tisches klopfte.

Walter zögerte zunächst noch einen Moment lang, um dann aber mit einem Seufzer der Erleichterung endlich die Karte auszuspielen, die ihm vor Petras eigentlich unstatthafter Offerte so sehr unter den Nägeln gebrannt hatte.

Während Walter noch seiner Karte hinterherschaute, registrierte er am benachbarten Tisch 2, an dem die anderen vier Teilnehmer des Doppelkopfturniers spielten, eine Bewegung, die er nicht sofort einordnen konnte und die ihn zunächst nur irgendwie irritierte, die dann aber schlagartig seine volle Aufmerksamkeit in Anspruch nahm.

Als er schließlich genauer hinschaute, erstarrte Walter: Was da etwa zwei Meter von ihm entfernt, also in seiner unmittelbaren Nähe, vor sich ging, war schier unglaublich und zog ihm augenblicklich den Boden unter den Füßen weg, wurde er doch ungewollt und unvorbereitet Zeuge einer völlig unakzeptablen Handlung seiner Frau, eines Verhaltens, das er von Elise niemals erwartet hätte. Er kannte doch seine Frau!? Oder etwa nicht...?

Elise, die alle hier nur Ella nannten, galt im Kreis der Doppelkopfspieler als eine sympathische und allseits beliebte Frau, die jedoch durch und durch traditionellen Konventionen verhaftet war und sich gerne als moralische Instanz verstand, gerade auch, wenn es um Fragen der Sexualmoral ging. Einige hielten sie in diesem Zusammenhang schlicht für eine Spaßbremse.

Dass jedoch stille Wasser, wie der Volksmund weiß, sich meist als ziemlich tief erweisen und Sein und Schein allenfalls Halbgeschwister sind, hatte sich jüngst zwar Ellas Lover Ronald bereits erschlossen, bis hin zu diesem Abend aber erstaunlicherweise noch nicht ihrem Ehegatten.

Deshalb traute Walter auch seinen Augen nicht, als er Ella bei einer Handlung ertappte, die nicht nur im eigentlichen Sinne des Wortes ein „sexueller Übergriff" war, sondern nach landläufiger Meinung mindestens als geschmacklos, mehr noch aber als unmoralisch gelten würde und erst recht unter den gegebenen Umständen zweifelsfrei einen Akt ehebrecherischen Ausmaßes darstellte: Nur notdürftig verhüllte nämlich der herunterhängende Zipfel eines Tischtuchs, dass sich die Hand von Walters Ehefrau Ella voller Eifer am Hosenschlitz ihres Sitznachbarn Ronald zu schaffen machte.

Walter hatte genug gesehen!

Bleich vor Wut stand er auf, blickte auf den Kartentisch und hatte noch sekundenlang vor Augen, was ihm Petras triumphierender Blick verriet: Sie hatte ihn mit ihrer „vergifteten" Offerte aufs Glatteis geführt und den Stich nicht für ihn übernommen, sondern als seine Gegnerin gemacht, indem sie Walter zum Ausspielen seiner Karo-Ass-Karte, die von Doppelkopfspielern „Fuchs" genannt wird, animiert, ja geradezu verleitet und ihn damit schlichtweg überlistet hatte.

Petra hatte mit ihrem geglückten Täuschungsmanöver, über das sie sich diebisch freute, Walters Fuchs „gefangen" und damit ihren vermeintlichen Spielpartner aber tatsächlichen Spielgegner ebenso zum Trottel gemacht wie seine Ehefrau Ella ihn als Hahnrei zum Gespött hatte werden lassen.

Dies jedenfalls waren Walters erste Gedanken angesichts einer Situation, auf die er in keiner Weise vorbereitet war und in der es ihn - sozusagen - „kalt erwischt" hatte.

Was er gesehen hatte, hätten mit großer Wahrscheinlichkeit auch andere im Raum sehen können, nämlich alle seine sogenannten „Freunde", die sich über das Geschehnis mit Sicherheit nur zu gern das Maul zerreißen würden.

Dies alles ging Walter in Sekundenbruchteilen durch den Kopf, als er mit einem vor sich hin gezischten „Scheiß Weiber!" ohne sich zu verabschieden, nahezu fluchtartig den Raum verließ, verschwand und eine ratlose Gruppe von Doppelkopfspielern zurückließ.

Tatsächlich hatte jedoch niemand außer Walter die in subversiv-erotischer Absicht vortastende und vorfühlende Hand seiner Frau Ella bemerkt, die sich natürlich ebenso wie Ronald, ihr männlicher Gegenpart und Lover, sorgsam davor hütete, freiwillig ihr kleines pikantes Geheimnis zu lüften.

Von dieser Seite aus erfolgte also keinerlei Aufklärung des für alle nicht nachvollziehbaren Zornesausbruchs von Walter sowie für sein plötzliches Verschwinden.

Da sich die „Hauptverursacher" von Walters fluchtartigem Abgang aus verständlichen Gründen bedeckt hielten, konzentrierte sich die Diskussion unter den zurückgebliebenen Doppelkopfspielern ausschließlich auf Walters Verärgerung über den

„gefangenen Fuchs." Letztlich fragten sich jedoch alle, was wohl in Walter gefahren sei, derart überzureagieren bzw. sich so kindisch zu verhalten.

„Ich bin mir jedenfalls keiner Schuld bewusst, wenn Walter hier den Abgang macht", sagte Petra schließlich unter dem beifälligen Gemurmel und zustimmenden Kopfnicken der Zurückgebliebenen.

Man war sich einig, dass Walter sich unmöglich benommen hatte, wollte sich aber durch sein unakzeptables Verhalten nicht die Spiellaune verderben lassen.

Nur Ella wurde von der allgemeinen Stimmung nicht erfasst.

Einerseits hatte sie jetzt Gewissensbisse bekommen wegen ihres heftigen Flirts mit Ronald, der unter beiderseitigem überreichlichen Alkoholgenuss völlig aus dem Ruder gelaufen war, andererseits schämte sie sich auch für ihren Gatten. Trotz jahrelanger Erfahrung in ihrer Ehe konnte sie immer noch nicht nachvollziehen, wenn er in bestimmten Situationen - bildlich gesprochen - aus einer Mücke einen Elefanten machte und selbst bei der kleinsten Kleinigkeit, wie z. B. einem im Kartenspiel „gefangenen" Fuchs, total ausrastete. Unter dem Vorwand, starke Kopfschmerzen zu haben, verabschiedete sich Ella aus der Doppelkopfrunde, was allgemein bedauert wurde - auch schon deshalb, weil durch zuerst Walters und jetzt ihren Weggang nur noch an einem Tisch gespielt werden konnte....

Walter

Mit deutlich überhöhter Geschwindigkeit schoss der weiße 5er BMW über die enge, auf beiden Seiten von Chausseebäumen flankierte Landesstraße.

Das Gefühl für die Gefahren, die auf dieser Straße drohten, war Walter durch den reichlich genossenen Alkohol abhandengekommen; außerdem befand er sich in einem emotionalen Ausnahmezustand und musste sich einfach irgendwie abreagieren.

Das eingebaute Audio-System seines Wagens zeigte, wozu es fähig ist: So fuhr Walter begleitet von Helene Fischer unter Dolby Surround Bedingungen in voller Lautstärke mitsingend „atemlos durch die Nacht".

Vor ihm tauchte aus der Dunkelheit eine von hohen Bogenlampen hell erleuchtete Straßenkreuzung auf.

Walter konnte sich daran erinnern, dass sich dort neben einer Bushaltestelle auch ein Schnellimbiss befand. Die Pommesbude sehen und Appetit bekommen war eins für Walter. Obwohl er eigentlich den Geruch von zigmal wieder verwendetem Frittenfett verabscheute, meldete sich jetzt vehement sein Magen.

Walter war zwar am Abend verköstigt worden, denn es war üblich, dass die jeweiligen Gastgeber den Mitgliedern der Doppelkopfrunde etwas zu essen anboten, aber gemäß dem plattdeutschen Schnack: „Wat de Buur nich kennt, dat frett he nich!" hatte Walter sich entgegen seinen sonstigen Gewohnheiten beim Essen sehr zurückgehalten und nur aus Höflichkeit Kleinstportionen zu sich genommen.

Als Gastgeber des aktuellen Doppelkopfabends wollte das Ehepaar Schulze-Dinkelgrün seine in kulinarischen Angelegenheiten bewunderte, von einigen seiner Gäste allerdings auch gefürchtete kreativ-experimentelle Gesinnung und Kompetenz einmal mehr unter Beweis stellen und servierte als Hauptgang moldawische Letscho-Bratlinge mit einem Sulz aus Wiesenchampignons und einem Rote-Bete-Stampf. Wie üblich bei den abendlichen Treffen der Doppelkopfgruppe hatte das Essen allen ein Ah und Oh entlockt.

Auch Walter hatte in das Loblied mit eingestimmt, insgeheim jedoch für sich gedacht: „Das mag ja alles schön und gut sein, aber letztlich ist das ein Essen für den hohlen Zahn. Viel lieber wäre mir jetzt ein kaltes Kotelett mit Kartoffelsalat, ein Schnitzel mit Pommes Frites oder einfach eine schlichte Currywurst in der Pappschachtel, mundgerecht zerteilt und mit einer süßscharfen Sauce übergossen."

Als er den Schnellimbiss erreicht hatte und seinen weißen BMW auf dem geschotterten Parkplatz mit einer Welle aufspritzender Kieselsteinchen zum Stehen gebracht hatte, stand sein Entschluss fest: Hier würde er sich für das ihm heute Abend entgangene Vergnügen entschädigen, zumindest was seinen Appetit auf etwas Deftiges und Scharfes betraf.

Walter stellte sich an den Tresen, hinter dem eine schon etwas ältere Frau mit verschiedenen Behältnissen hantierte. Nachdem er die Speisenangebote auf der beleuchteten Anzeigetafel ausgiebig betrachtet hatte, orderte er: „Einmal Curry schön scharf und Pommes „Schranke", dazu ein Jever." Beim Aufgeben der Bestellung lief Walter bereits das Wasser im Munde zusammen.

Da im Moment keine anderen Gäste im Imbiss waren, blieb Walter am Tresen stehen, schaute der

Frau zu, wie sie sein Essen zubereitete und fing dann ein Gespräch mit ihr an: „Was ist mit der jungen Frau da draußen an der Bushaltestelle? Die muss sich doch zu Tode frieren bei der Kälte!"

„Och, die steht da schon ´ne ganze Zeit, wartet wohl auf den Bus, kommt aber keiner mehr. Ein paar von meinen Kunden hat sie schon angehauen, sie mitzunehmen. Haben aber alle abgelehnt. Schätze, die kommt auch zu ihnen!"

Walter setzte sich an einen der resopalbeschichteten Tische, aß erst seine Currywurst mit großem Appetit und stippte dann die Fritten abwechselnd in die überreichlich vorhandene Mayo bzw. das Ketchup, bis alles verzehrt war.

Zwischendrin hatte Walter auch die Jeverflasche in großen Schlucken geleert und beendete nun seine Mahlzeit mit einem gewaltigen Rülpser. Essen, Trinken und der Rülpser hatten Walter gutgetan und seine Laune deutlich verbessert.

Hin und wieder blickte Walter in Richtung Buswartehäuschen. Sie stand noch immer da und hatte die Arme um ihre Brust gelegt, vermutlich um sich vor der beißenden Kälte da draußen zu schützen. Sie schaute jetzt in seine Richtung.

Walter verspürte bei sich den Impuls, seine Arme um den Körper der jungen Frau zu legen.

Er machte eine unbestimmte Armbewegung, die man als Einladungsgeste verstehen sollte und offensichtlich auch konnte, denn die junge Frau hatte verstanden.

Sie lief auf den Imbiss zu, öffnete die Tür, brachte einen Schwall eisiger Luft mit hinein und stand plötzlich vor Walter, dem bei ihrem Anblick für einen kurzen Moment der Atem stockte.

Die Frau war ja der Hammer mit ihren kurz geschnittenen, fuchsrot eingefärbten Strubbelhaaren sowie ihrer leicht drallen, aber ansonsten gut proportionierten Figur, die ihre weiblichen Reize ebenso sichtbar machte wie es auch ihr sexy Outfit tat, das aus Leggings im Farbton ihrer Frisur, einem minikurzen schwarzen Lederrock und einer Lederjacke mit Pelzbesatz bestand. Dazu trug sie hoch geschnürte Stiefel von Doc Martens.

Spontan formte sich in Walters Bewusstsein das Wort, mit dem er seine Wahrnehmung auf den Begriff brachte:

Die junge Frau, die auf einen bloßen Wink von ihm hierhergekommen war und nun vor ihm stand, entsprach ganz und gar seinen Vorstellungen von einer „Foxy Lady", deren erotische Ausstrahlung ihn schon gelegentlich in Tagträumereien beunruhigt, aber auch fasziniert hatte.

Als Walter - nach einigen Sekunden verträumter Zeit - wieder einigermaßen klar denken konnte, sprach er die junge Frau von sich aus an, um ihr die Peinlichkeit zu ersparen, hier als Bittstellerin auftreten zu müssen.

„Darf ich Sie auf einen Kaffee einladen? Sie müssen ja völlig durchgefroren sein; da tut Ihnen ein heißer Kaffee sicher richtig gut, oder möchten Sie lieber einen Glühwein?"

„Danke für die Einladung, aber das süße Zeugs ist nicht so meins. Würdest du mir vielleicht einen Jagertee bestellen? Der wärmt jedenfalls phantastisch."

„Super, wie das läuft mit uns, die Braut weiß, was sie will und wir sind jetzt schon beim Du", dachte Walter und bestellte zwei Jagertee bei der Frau am Tresen, die voller Interesse beobachtete, wie sich die Dinge an dem vorderen Tisch entwickelten.

„Möchtest Du vielleicht auch etwas essen? Ich spendiere Dir gerne eine Currywurst und Fritten", sagte Walter zu der jungen Frau, die sich inzwischen zu ihm gesetzt hatte und schob dann nach, indem er in Richtung Tresen deutete: „Die Curry machen sie hier echt scharf!"

„Ich liebe es scharf, aber nicht so sehr in der Currywurst ... Trotzdem danke für das Angebot. Ich nehme aber gerne eine Portion Pommes mit Mayo und noch einen Jager, wenn das für dich o.k. ist?"

„Aber sicher doch: Auf einem Bein kann man ja nicht stehen, deswegen hole ich mir jetzt auch noch einen zweiten Jagertee."

Walter ging zum Tresen, kam dann mit zwei randvoll gefüllten Gläsern zurück und fragte: „Worauf trinken wir?"

„Wir sollten darauf trinken, dass uns beiden richtig warm wird und auf alles, was uns der Abend noch so bringt."

„Du gehst ja ganz schön ran, Süße. Dabei weiß ich noch nicht einmal, wie du heißt."

„Auch auf die Gefahr hin, dass Du meinen Namen altbacken und abtörnend findest: Ich heiße Gudrun! Ich schätze mal, <u>du</u> hast auch einen ganz stinknormalen Namen. Du siehst jedenfalls so aus, als könntest Du Willy, Werner oder auch Walter heißen."

Als ihr Gegenüber beim letzten Namen zustimmend nickte, ergänzte sie: „Hab ich mir doch gleich gedacht! Du siehst jedenfalls aus wie ein „W-Typ" und Du bist auch einer: Wirst leicht wütend, bist wehleidig und wankelmütig wie die meisten Männer, die nie wissen, was sie eigentlich wollen. Im Gegensatz dazu weiß ich genau, was <u>ich</u> will!"

„Und das wäre?"

„Ich möchte, dass du mich nach Hause fährst. Ist das zu viel verlangt?"

„Kommt darauf an, wo du wohnst."

„In Fähensen, nur 6 Kilometer von hier."

„Das lässt sich bestimmt machen."

„Na, dann wollen wir doch mal sehen, was sich da machen lässt. Hast ja ´ne echt schicke Karre da draußen, damit sind wir bestimmt in 10 Minuten in Fähensen."

Walter war für einen Moment nicht mehr ganz bei sich. Die Selbstverständlichkeit, mit der Gudrun das Wörtchen „wir" benutzte, hatte ihn sprachlos gemacht.

Mit offenem Mund starrte er Gudrun an, was sie veranlasste zu sagen: „Wie guckst du denn? Alles im Griff, schöner Mann? Du musst nicht sauer sein, wenn ich dich ein bisschen ärgere. Auch wenn Du Walter heißt und ein W-Typ bist: Irgendwie mag ich Dich und deswegen steig ich auch in deinen weißen Schlitten ein. Los, und nun komm endlich!"

„Ganz schön schräg, die Tussi", dachte Walter und blieb noch auf seinem Platz sitzen. Er konnte diese eigenartige Frau nicht so recht einordnen und fühlte sich durch ihr raumgreifendes Auftreten verunsichert, das man wohlwollend als selbstbewusst bezeichnen konnte, dem man aber genauso gut das Etikett „aufdringlich" hätte anheften können.

Ob sie wohl eine Professionelle war und hier anschaffen ging? –

Walter hätte es nicht sagen können und war sich gar nicht mehr so sicher, ob er diese zweifellos reizvolle und ihm auch nicht unsympathische junge Frau, die ihn trotz des Altersunterschieds zudem auch zu mögen schien, in seinem Wagen mitnehmen sollte.

Er hatte da ziemlich unbedacht etwas in Gang gesetzt, das nun eine eigene Dynamik entwickelte, von der er nicht wusste, wohin sie ihn führen würde. Entsprechend zögerlich verhielt er sich jetzt.

„Was ist los, Walter? Hast du kalte Füße bekommen und willst mich nicht mehr mitnehmen? Du denkst bestimmt, dass ich ´ne Nutte bin, die an der Bushalte auf Freier wartet. Hab` ich recht? Du brauchst gar nicht erst rot zu werden, ich habe es dir die ganze Zeit schon angesehen, dass Du das von mir denkst. Vielleicht macht es Dich ja sogar an, wenn Du mich kaufen könntest, aber da muss ich Dich enttäuschen: Ich bin nicht käuflich – nur furchtbar wütend. Bis heute Mittag noch glaubte ich, fest liiert zu sein und zwar mit einem Kerl, der ungefähr so alt ist wie du.

Irgendwie hab ich es wohl mit den etwas älteren Semestern. Vielleicht liegt das daran, dass ich, obwohl erwachsen, noch zur Schule gehe, da verliebt man sich leicht in seine Lehrer. So ist es mir jedenfalls mit Ronald gegangen, der am hiesigen Erwachsenenbildungskolleg mein Mentor und Vertrauensdozent war.

Dass Ronald verheiratet ist, hat mich dabei nicht gestört, im Gegenteil: Ich fand es immer ganz beruhigend, dass es da jemanden gibt, der den ganzen Müll, den so ein Mann ständig produziert und mit sich herumträgt, tagtäglich entsorgt."

„Was hat dich denn dann so wütend gemacht. Etwa dieser Ronald?"

Nachdem Gudrun diesen Namen genannt hatte, war Walter ganz Ohr und begierig, irgendwelche Details zu erfahren, die seinen plötzlich aufkeimenden Verdacht bestätigen würden.

„Ja, natürlich Ronald. Wer denn sonst? Der Kerl spielt mit falschen Karten: Erst sülzt er mir die Hucke voll, dass seine Frau ihn nicht versteht und sich von ihm abgewendet hat und ich sein Ein und Alles wäre, was ich, wie schon gesagt, gar nicht werden möchte. Und dann, du glaubst es nicht, erfahre ich, dass dieses Arschloch ständig mit einer anderen Frau SMS austauscht und sie auch wöchentlich trifft.

Seine eigene Frau darf davon natürlich nichts mitbekommen, genau so wie Ronald ihr auch meine Existenz verheimlicht hat.

Für mich ist jetzt Schluss mit lustig. Das habe ich Ronald heute auch verklickert: Ich spiel da nicht mehr mit. Die Ehefrau mit einer Geliebten zu betrügen ist schon nicht besonders anständig, aber dann den Hals nicht voll zu kriegen und mit noch einer anderen rumzumachen, das ist einfach zu viel! Als ich ihm das an den Kopf geworfen habe, hat Ronald nur gelacht und gesagt: ‚Das ist doch allein meine Angelegenheit, was mischst du dich da ein und woher weißt du überhaupt das mit Ella?' Da bin ich aber ausgeflippt. Ich habe ihn angeschrien, dass mich das sehr wohl etwas angehe und dass wir hier doch nicht in einem Swinger Club seien. Für mich ist jedenfalls jetzt Feierabend.

Da fing er wieder mit seinem Gesülze an: ‚Ach Gudrun, du bist doch etwas ganz Besonderes für mich.' So ging das die ganze Zeit weiter, bis ich gesagt habe: ‚Schluss jetzt! Pack deine Sachen und verschwinde. Ich will dich hier nicht mehr sehen, wenn ich in meine Wohnung zurückkomme.' Um mich selber für die Zukunft vor Verleumdungen abzusichern, die ich Ronald durchaus zutraue, habe ich ihn noch gewarnt: ‚Wenn ich spitzkriege, dass du irgendwann schlecht über mich redest, dann werde ich auspacken und jedem, der es hören will, die ganze Geschichte erzählen. Das wird dann weder deiner Frau, noch dieser Ella gefallen, am allerwenigsten aber dir selbst.'

Da war plötzlich von dem großartigen Ronald nicht mehr viel übrig: Sooo klein mit Hut war der auf einmal! Und dann habe ich ihm noch einen guten Rat mit auf den Weg gegeben: ,Wenn Du mich fragst, woher ich das mit Ella weiß, dann antworte ich dir: Du solltest dein Handy nicht überall unbeaufsichtigt herumliegen lassen. Frauen sind nämlich von Natur aus neugierig.'

Nachdem ich ihm das gesteckt hatte, hättest du sein Gesicht sehen müssen - einfach köstlich! Damit, dass ich praktisch alles über ihn und diese Ella wusste, hatte er nicht gerechnet. Man konnte es ihm ansehen, dass er sich jetzt zu Dreck ärgerte, weil er selbst so blöd gewesen war, den Verlauf auf seinem Smartphone nicht zu löschen. Das Gute an dem Schock, den diese Erkenntnis bei ihm ausgelöst hatte, war zu meiner großen Erleichterung, dass er endlich kapiert hatte, dass mit mir nichts mehr lief. Nach dem ganzen Trara mit Ronald brauchte ich erst einmal Zeit für mich und vor allem frische Luft. Ich habe deshalb meine Wohnung verlassen und einen längeren Waldspaziergang unternommen. Irgendwann bin ich dann hier gelandet, wo leider kein Bus mehr fuhr, wo ich mich aber bei zwei heißen Jagertees und einem wankelmütigen Walter aufwärmen konnte. Jetzt hoffe ich, dass es endlich losgeht in Richtung Heimat, weil dort eine warme Wohnung auf mich wartet und auf dich, wenn du schön artig bist, noch ein Absacker. Was sagst du dazu, Walter?"

„Klingt gut."

„Klingt gut, mehr fällt dir dazu nicht ein?"

„Nun sei mal nicht gleich eingeschnappt, ich habe nur gerade gedacht, was wohl geschieht, wenn dieser Ronald sich noch in deiner Wohnung aufhält."
„Da brauchst du dir keine Sorgen zu machen. Durch die Eintragung in seinem Handy weiß ich, dass heute sein Doppelkopfabend ist und er zusammen mit Freunden Karten spielt."

Genau dies machte Walter allerdings große Sorgen. Wenn Ronald nun, nachdem er bei Gudrun für immer abgeblitzt war, seinen ganzen Charme und seine erotische Energie einsetzen würde, Ella so zu bezirzen, dass sie bereit wäre, ihre Ehe tatsächlich aufs Spiel zu setzen, was dann?

Zweifellos befand sich Walter jetzt in einem Dilemma. Einerseits reizte ihn das erotische Abenteuer mit seiner Zufallsbekanntschaft Gudrun, ein Abenteuer, das nach Gudruns eindeutigem Angebot vielversprechend war und seiner Eitelkeit schmeichelte, war er doch um einiges älter als sie.

Andererseits wollte er keinesfalls weder seine Ehe mit Elise/Ella gefährden, noch zum Gegenstand des oft aus Missgunst gespeisten Getratsches seiner sogenannten und zumeist selbsternannten Freunde werden. Als Walter, der bis zu diesem Moment selbstvergessen mit gesenktem Kopf vor sich hingestarrt hatte, endlich einmal aufschaute, war es Gudruns unwiderstehlicher Sex-Appeal, der sein Dilemma löste und ihn nun zu schnellem Handeln antrieb. Jetzt auf einmal war er nicht mehr der wankelmütige Walter, den Gudrun in ihrer Kurz-Diagnose in ihm zu sehen geglaubt hatte. Kurz entschlossen stand er von seinem Platz auf, ging zum Tresen und zahlte, wobei er der Frau ein großzügig bemessenes Trinkgeld gab und dafür mit den Worten „Einen schönen Abend noch und viel Spaß dabei!" verabschiedet wurde, was ihm gefiel und ihn beflügelte, Gudrun an die Hand zu nehmen und mit ihr zusammen beschwingt zu seinem Wagen zu gehen. Walter startcte den Motor seines BMW, der leise losschnurrte, und setzte dann Klimaanlage und Audiosystem per Tastendruck auf volle Leistung.

Gudrun schmiegte sich an ihn und Walter genoss ihren leicht schweißigen Duft. Bereits beim Anfahren legte Walter seine Hand auf ihren Oberschenkel und begann ihn zu streicheln, wobei er wie absichtslos Gudruns Minirock hochschob. Nachdem sie begonnen hatten, sich während der Fahrt auch flüchtig zu küssen, fuhren sie, pheromonisch aufgeladen, zunehmend atemlos durch die Nacht. So sehr beschäftigt miteinander waren beide, dass ihnen der grüne Polo nicht auffiel, der ihnen mit gehörigem Abstand folgte.

Sie passierten ein Wäldchen und gelangten kurz darauf an ein Straßenstück, das von Feuchtwiesen seitlich begrenzt war. Hier hatten sich Nebelschwaden gebildet, die bewirkten, dass die Sicht beim Fahren beeinträchtigt wurde. Im durchdringenden Licht der Halogenscheinwerfer seines Fahrzeugs konnte Walter jedoch am Rande der Fahrbahn eine unförmige Masse ausmachen, an der ein längliches Tier mit rostrotem Fell saß und fraß, das sich aber in seiner Gier offenbar durch nichts und niemanden vom Fressen abhalten lassen wollte.

Obwohl alles sehr schnell ging, nutzte Walter nicht die immerhin vorhandenen Sekunden für ein Ausweichmanöver, sondern hielt direkt auf den Fuchs zu.

Es gab einen mächtigen Schlag als BMW und Tier kollidierten.

Als das Auto nicht anhielt, sondern weiterfuhr, als sei nichts gewesen, der Fuchs aber tot auf der Landstraße liegenblieb, um vermutlich von nachfolgenden Fahrzeugen bis zur Unkenntlichkeit plattgefahren zu werden, löste das Geschehnis im Wageninneren sehr unterschiedliche Reaktionen aus. Walter schien stolz auf seine Treffsicherheit zu sein, denn er zischte triumphierend „Voll erwischt", während Gudrun zunächst vor Entsetzen laut aufschrie und dann leise zu weinen begann, bis das Weinen in ein lautes Schluchzen überging.

Als Walter ihr, in der Absicht sie zu trösten, die Hand auf die Schulter legten wollte, versteifte sie völlig und sagte mit tonloser Stimme nur: „Lass das!"

Die vor Minutenfrist noch so erotisch aufgeladene Atmosphäre war innerhalb kürzester Zeit einer eisigen, nahezu feindseligen Stimmung gewichen. Walters Versuche, Gudrun zu beschwichtigen bzw. auf irgendeine Weise wieder ins Gespräch zu kommen, wurden von ihr allesamt abgeblockt. Erst als sie Fähensen erreicht hatten und Walter seinen Wagen vor ihrem Haus parkte, wandte sich Gudrun ihm zu und sagte bei bereits von ihr geöffneter Beifahrertür: „Du hast alles zwischen uns kaputtgemacht und ich möchte dich nie wiedersehen. Ich finde es einfach widerlich, Tiere nur um des Vergnügens daran zu töten. Als du mutwillig den armen Fuchs überfahren hast, ist mir schlagartig klargeworden, dass du nicht der Mann bist, mit dem ich zusammen sein will."

Für einen kurzen Moment war Walter baff. Mit einer solchen Reaktion hatte er nicht gerechnet. Doch dann hatte er die Sprache wiedergefunden und sagte mit schneidender Stimme zu Gudrun, bevor sie die Beifahrertür endgültig zuschlagen konnte: „Gerade du machst mir Vorwürfe? Schau dich doch einmal selbst an: Von oben bis unten alles Leder. Glaubst du etwa, die Tiere, denen man ans Leder gegangen ist, hätten ihre Haut freiwillig zu Markte getragen, bzw. zu H&M oder Zalando? Und was meinst du, woraus der gute Doktor Martens seine hübschen Schnürstiefel fertigt, die dir so gut stehen? Das Ganze ist doch pure Heuchelei und außerdem, was weißt denn du, was in mir vorgegangen ist, als ich auf den Fuchs zugefahren bin? Aber das interessiert dich offenbar ja auch gar nicht. Hauptsache du kannst dir wieder einmal eines deiner feministischen Vorurteile bestätigen: Männer sind halt Schweine, nur, im Falle von Schweinen hätte es schon zwei Füchse gebraucht! Aber was rede ich da?! Das verstehst Du ja doch nicht! Ich fahre jetzt wohl besser nach Hause. Mach`s gut!"

„Halt, so schnell kommst du mir nicht davon! Erstens: Ist dir vielleicht aufgefallen, dass ich vorhin auf die angebotene Currywurst verzichtet habe? Warum wohl? Weil ich Vegetarierin bin und mich sogar bemühe vegan zu leben. Ich möchte einfach nicht, dass es mir gutgeht, wenn gleichzeitig oder dadurch bedingt meine Mitgeschöpfe leiden müssen und deshalb kaufe ich auch nie Klamotten aus echtem Leder. Meine Sachen sind alle aus Kunstleder und auch der Pelzbesatz an meiner Lederjacke ist natürlich aus Webpelz. Am Schwierigsten ist es bei Schuhen. Zum Glück bin ich da fündig geworden: Doc Martens produziert die hohen Schnürstiefel, die dir so gut an mir gefallen, unter dem Modellnamen „Vegan 1899". Sie enthalten garantiert kein echtes Leder. Du siehst also: Ich stehe zu dem, was ich nach außen hin vertrete und bin keine Heuchlerin! Aber jetzt zu dir. Was war das mit dem wirren Zeug von Männern, Schweinen und den zwei Füchsen? Weil ich wirklich wissen will, was dich getrieben hat, auf den armen Fuchs zuzuhalten und ihn zu überfahren, kannst du meinetwegen auf einen Tee mit zu mir hochkommen.

Aber ich sage dir gleich: Kein Sex, nur Reden! Wenn du damit einverstanden bist, dann komm jetzt mit!"

Ella

Nachdem Ella die Doppelkopfrunde verlassen hatte, fuhr sie mit ihrem Polo direkt zu ihrer Wohnung in der festen Erwartung dort auf Walter zu treffen, der wütend und kommentarlos verschwunden war, ohne sich noch von den Doppelkopfspielern und insbesondere von den Gastgebern zu verabschieden.

Als Ella ihren Ehegatten zu Hause nicht antraf und auch der weiße BMW nirgendwo zu sehen war, vermutete sie Walter auf einem Barhocker sitzend im „Lord`s", einem Etablissement im nahegelegenen Fähensen, das sie auch beide schon gelegentlich für einen Absacker frequentiert hatten, wenn es darum ging, nach einem handfesten Streit wieder zueinanderzufinden. Ella wartete in ihrem Haus noch eine gewisse Zeit ab in der Hoffnung, Walter würde sich bald blicken lassen, doch kein Walter erschien. Langsam wurde sie nervös. Um nicht nur untätig herumzusitzen und weiter auf Walter zu warten, beschloss sie, ihn zu suchen. Getrieben von ihrem schlechten Gewissen beabsichtigte sie, Walter den Seitensprung mit Ronald zu beichten und ihrem Gatten zu versichern, dass sie niemals daran gedacht hatte, ihre Ehe auf diese Weise zu gefährden.

Im Bewusstsein, nunmehr das Richtige zu tun, bestieg sie ihren Polo, um, wie sie hoffte, ihren Gatten in jener Bar anzutreffen, die ihnen beiden ja durch die früheren gemeinsamen Besuche bereits vertraut war. Noch ganz in Gedanken fuhr Ella auf der Landstraße in Richtung Fähensen, bemerkte aber dennoch im Vorbeifahren mit einem schnellen Seitenblick den weißen 5er BMW ihres Mannes. Wenn sie sich nicht getäuscht hatte, stand „ihr" Walter auf dem Parkplatz vor einem Schnellimbiss neben seinem Wagen und redete mit einer jungen Frau. Sofort war Ellas Interesse geweckt: Wer war diese Frau? Was hatte ihr Mann um diese späte Stunde mit dieser Frau zu tun?

Blitzschnell hatte Ella einen Plan gefasst: Nach Art der Privatdetektive wollte sie durch „Beschattung" die Absichten und Aktivitäten der Zielpersonen ermitteln, in diesem Fall von Walter und dieser ominösen jungen Frau.

Ella erinnerte sich, dass es unweit von ihrem jetzigen Standort einen Buswendeplatz gab, von dem aus man den Verkehr auf der Landstraße beobachten konnte, ohne selbst gesehen zu werden. Dort postierte sie sich und musste nicht lange warten, bis der weiße BMW ihres Mannes an ihr vorbeifuhr, um ihm dann zu folgen.

Nachdem sie ein Waldstück passiert hatten, bekam Ella einen Schreck. Der vor ihr fahrende Wagen machte plötzlich einen starken Ausschlag nach rechts, die Bremslichter leuchteten kurzzeitig auf und es hatte für einen Moment den Anschein, als käme der Wagen von der Straße ab. Ella sah etwas Rotes zur Seite fliegen. Sicher irgendein Tier, vielleicht ein Fuchs?

Danach hatte sich der BMW wieder gefangen und fuhr in unverminderter Geschwindigkeit vor ihr her.

In Fähensen angekommen, fuhr Walter nicht zu „ihrer" Bar, sondern in einen Teil der Ortschaft, den sie noch nicht kannte. Von der Hauptstraße bogen sie in Höhe einer hell erleuchteten Tankstelle in eine ruhige Nebenstraße ein, wo Walter bald vor einem kleinen zweistöckigen Haus hielt.

Mit gebührendem Abstand hielt auch Ella an und parkte in einer schräg angelegten Parkbucht, aus der heraus sie das Geschehen vor dem Häuschen gut beobachten konnte. Verwundert registrierte sie, dass zunächst weder Walter noch die junge Frau trotz geöffneter Beifahrertür das Auto verließen, bis endlich die Frau ausstieg, gefolgt von Walter, der sie in wenigen Schritten einholte und ihr ins Haus folgte.

Gudrun

Es war ein faires Angebot von Gudrun gewesen: Obwohl sie die Art und Weise wie er den Fuchs ohne Not totgefahren hatte, als so abstoßend empfand, dass sie Walter niemals wiedersehen wollte, war Gudrun dennoch bereit, ihm die Chance zu geben, sich detailliert zu seinem Verhalten äußern zu können.

Walter musste nicht lange nachdenken, ob er Gudruns Einladung folgen sollte. Ihm selbst war daran gelegen, herauszufinden, was sein Verhalten in den wenigen Sekunden vor dem Zusammenprall mit dem Fuchs gesteuert hatte. Und so folgte er Gudrun die steile Treppe hinauf in ihre Wohnung. Mit den Worten: „Ich mach uns eben einen Tee. Geh du schon mal rein", verschwand Gudrun in der Küche.

Das mit einigen Ikea-Möbeln eingerichtete Wohnzimmer, in dem er sich gleich wohlfühlte, besaß eine kleine Essecke und bestand im Übrigen aus einer gemütlichen Couchgarnitur und einem Bücherregal, das sich über eine gesamte Wand erstreckte. In einer Ecke des Zimmers befand sich ein Stutzflügel, den Walter in Gudruns Wohnung nicht vermutet hätte. Wie wenig er diese Frau doch kannte, ging ihm durch den Kopf.

Als Gudrun ein Tablett mit dem Tee und ein paar Keksen hereintrug, war Walter bereits für sich der Frage nachgegangen, was ihn zu einem derart aggressiven Verhalten gegenüber diesem fressgierigen, ahnungslosen Tier veranlasst hatte. Er beschloss, ehrlich zu sich selbst, aber auch zu Gudrun zu sein, die ihn mit ihrer Offenheit in Bezug auf ihren Lover Ronald nicht nur verblüfft, sondern auch beeindruckt hatte.

So berichtete Walter zwar stockend, aber dennoch umfassend von dem Doppelkopfabend und davon, wie ihn seine Frau mit diesem verfluchten Ronald betrogen habe, wie ihn zu alledem auch noch eine Mitspielerin an seinem Tisch ausgetrickst habe und wie er selbst schließlich aufs Äußerste gereizt und voller Wut im Bauch geradezu unter einem Zwang gestanden habe, die Doppelkopfrunde sofort und ohne sich zu verabschieden zu verlassen.

Walter bezog sich dann noch kurz auf seine verwirrenden Äußerungen über Füchse sowie Schweine und erläuterte in diesem Zusammenhang, dass beim Doppelkopf ein Karo-Ass „Fuchs" genannt wird und eine Risikokarte darstellt, die man möglichst nicht an die Gegenspieler verlieren sollte, während zwei Karo-Asse in der Hand eines Spielers „Schweine" heißen und als höchste Trümpfe sehr begehrt sind.

Vor allem aber wollte Gudrun von Walter erfahren, was in ihm vorgegangen sei, als er direkt auf den Fuchs zugehalten habe. Auf ihre Nachfrage erläuterte Walter seine emotionale Befindlichkeit in den Sekunden vor dem Aufprall: Er sei stinkwütend gewesen. Der Anblick des ungerührt sitzenbleibenden Fuchses habe ihn regelrecht provoziert bzw. so aufgebracht und in Rage versetzt, dass er nur gedacht hätte: Weg damit!

Mittlerweile sei ihm klargeworden, dass es natürlich nicht um den realen Fuchs gegangen sei, sondern dass sein aggressives Handeln ein symbolischer Akt gewesen sei, bei dem der arme Fuchs für etwas ganz anderes habe herhalten müssen.

Er sei auch kein Tierhasser oder Tierschinder, sondern weit eher ein Tierfreund und er schäme sich jetzt sehr dafür, dass dieser bedauernswerte Fuchs Opfer seiner unkontrollierten Wut geworden sei. Auch wenn das in der Situation nach dem Aufprall so geklungen hätte: Sein triumphierend ausgerufenes „Voll erwischt" würde ihn jetzt keinesfalls mit Stolz erfüllen, sondern regelrecht ankotzen. Walters Stimme war im Verlauf seiner Rückbesinnung immer leiser geworden und am Ende kaum noch zu verstehen gewesen.

Aber Gudrun hatte ihm genau zugehört und begriffen, dass Walters forscher Umgang mit dem von ihm verursachten Tod des Fuchses nur die Tünche war, mit der seine seelischen Verletzungen am Doppelkopfabend überdeckt werden sollten. Sie streckte tröstend den Arm aus und berührte Walter sanft an der Schulter. Dankbar schaute er ihr ins Gesicht und sah darin, dass ihr Zorn sich verflüchtigt hatte.

Wie auf ein geheimes Zeichen hin standen beide plötzlich gemeinsam auf und umarmten sich schweigend.

Es war Gudrun, die das Schweigen brach und sich aus der Umarmung löste: „Ich möchte, dass du noch bleibst, wenn du es auch willst." Walter nickte ihr bloß zu, noch dankbar für das Verständnis, das ihm Gudrun in seinem schwierigen Selbstklärungsprozess entgegengebracht hatte. Für Gudrun aber war jetzt ein Themenwechsel angesagt.

Sie wandte sich an Walter und fragte ihn in schnoddrig- geschäftsmäßigem Ton: „Ist das okay für dich, mal eben zur Tanke zu gehen und was zu trinken und etwas Knabberzeug zu besorgen? Dann können wir es uns anschließend gemütlich machen und ich kann dir meine CD-Sammlung zeigen, wenn du verstehst, was ich meine?"

„Natürlich habe ich kapiert, was du meinst, ich bin ja nicht blöd, auch wenn einige das von mir denken, zum Beispiel meine Frau Ella, die mich vor aller Augen mit einem Kollegen betrügt, der zudem noch mein Freund sein will. Aber genug davon! Ich gehe dann mal zur Tanke und hole uns den Stoff!"

„Und ich gehe in der Zwischenzeit in die Badewanne und lasse mir ein richtig heißes Bad ein. Ich hab` nämlich immer noch Eisbeine von der Warterei an der Bushaltestelle. Du brauchst übrigens keinen Schlüssel mitzunehmen. Klemm einfach den Keil, der an der Tür liegt, in den Türspalt."

Beim Hinausgehen stieß sich Walter an der Ausladung des Stutzflügels. Dabei fiel sein Blick auf das aufgeschlagene Notenblatt. Die Noten trugen den Titel „An Elise" und die Werkkennzeichnung „Bagatelle". Der gute alte Beethoven: So taub er auch war, so hellsichtig konnte er offenbar sein!

Bevor Walter die steile Treppe hinabstieg, um von der Tanke, wie von Gudrun gewünscht, „Pärchenfutter" zu holen, hielt er einen Moment inne: War nicht auch die Affäre seiner Frau mit Ronald eigentlich eine Bagatelle und machte er nicht schon wieder, wie man ihm schon so oft vorgeworfen hatte, aus einer Mücke einen Elefanten? Wie hatte Gudrun ihn doch in ihrer etwas krausen, aber dennoch amüsanten W-Typologie charakterisiert? Als wütend, wehleidig und wankelmütig!

Nun, zu Wutausbrüchen neigte er - das lag wohl in den Genen.

Wehleidig? Das ging auch in Ordnung! Diese Eigenschaft teilte er mit vielen seiner Geschlechtsgenossen.

Seine Wankelmütigkeit jedoch war, das wurde ihm jetzt deutlich, ein in ihm tief verwurzeltes ureigenes Merkmal, etwas, das sein Verhalten auf allen Stufen seiner bisherigen Entwicklung bestimmt hatte.

Immerhin würde er diese neugewonnene Einsicht nutzen und umgehend dafür sorgen, dass Ronalds Geplänkel mit seiner Frau Elise ein Ende fände und lediglich eine unbedeutende Episode bliebe – eine Bagatelle eben.

Mit diesen Gedanken im Kopf stolperte er die steile Treppe hinab, öffnete die Haustür, verschloss sie anschließend wieder provisorisch mit einem Holzkeil und verließ schnellen Schrittes Gudruns Haus, nicht ahnend, dass Ella, seine Frau, an die er gerade so intensiv gedacht hatte, seine Schritte zwar nicht lenkte, aber doch intensiv beobachtend verfolgte.

Ella

Von ihrem Beobachtungsposten aus konnte Ella sehen, wie Walter das Haus verließ, nachdem er sich kurz an der Haustür zu schaffen gemacht hatte. Mit schnellen Schritten ging er Richtung Hauptstraße. Er würde wohl nicht weit zu gehen haben, mutmaßte Ella, andernfalls würde Walter, so wie sie ihn kannte, das Auto nehmen, um sich bloß nicht zu viel bewegen zu müssen.

Egal! Ellas Plan bestand darin, diesem Flittchen, das sich irgendwie an ihren Walter herangemacht hatte, einen Denkzettel zu verpassen.

Schnell raffte sie die paar Spraydosen zusammen, die sie stets für solche und andere Fälle in ihrem Polo mit sich führte, und lief damit zu Gudruns Haus.

Als sie gerade die weiße Hauswand mit dem Wort „Schlampe" verzieren wollte, entdeckte sie, dass die Haustür nicht abgeschlossen war, sondern nur durch einen Holzkeil provisorisch offengehalten wurde.

„Noch besser! Da kann ich mir doch gleich mal das Liebesnest ansehen, in dem Walter mit dieser Schlampe seine Zeit verbringt", dachte sich Ella und stieg entschlossen die steile Treppe hinauf. Oben angekommen, lauschte sie. Das leise Plätschern verriet ihr: Die Schlampe badete.

Umso besser! Ohne anzuklopfen oder sonst wie Rücksicht zu nehmen öffnete Ella schwungvoll die Badezimmertür und stand auch schon in dem winzigen Badezimmer unmittelbar vor der Wanne, in der Gudrun lag, gänzlich von Schaum bedeckt, mit vor Angst geweiteten Augen.

Es waren die letzten Schrecksekunden ihres sechsunddreißigjährigen Lebens!

Ella versuchte, sich in der Enge des Badezimmers in Positur zu stellen. Sie wollte der „Schlampe" kräftig die Leviten lesen, um sie dazu zu bringen, künftig die Finger von „ihrem" Walter zu lassen. Als sie dabei einen kleinen Schritt hinein in den Raum machte, rutschte sie auf ein paar Schaumflocken aus, die über den Badewannenrand gefallen waren. Ella verlor dabei das Gleichgewicht und stürzte zu Boden.

Im Fallen versuchte sie noch, sich an einem Regal festzuhalten. Dieser Versuch misslang insofern, als dass das Regal Ellas Gewicht nicht standhielt, sondern ins Wanken geriet und seinen gesamten Inhalt über der Wanne und somit auf die darin badende Gudrun entlud.

Eine Verkettung unglücklicher Umstände führte schließlich zur Katastrophe:

- Zu den Gegenständen, die in dem Regal abgelegt worden waren, gehörte u.a. auch ein Föhn.
- Dieser Föhn lag nicht einfach so im Regal herum, sondern war zum Gebrauch bereits über eine einfache Steckdosenleiste mit dem Stromnetz verbunden worden.
- Wie in den meisten der schon etwas älteren Häuser gab es auch in Gudruns Haus noch keine Fehlstromschalter.
- Beim Sturz aus dem Regal landete der Föhn - noch verbunden durch das stromführende Kabel - so unglücklich auf der zur Wanne gehörigen Armatur, dass der Kippschalter des Föhns dabei auf „on" gedrückt wurde.
- Der somit eingeschaltete Föhn fiel ins Badewasser, erzeugte in der Wanne einen starken Stromschlag und verursachte bei der badenden Gudrun Kammerflimmern des Herzens, das sie nicht überlebte.

Danach herrschte Dunkelheit im Badezimmer.

Aufgrund des durch die Überlast entstehenden Kurzschlusses war die Sicherung herausgesprungen und das Badezimmer lediglich noch durch eine gespenstisch flackernde Duftkerze erleuchtet, die Gudrun stets mit ins Bad nahm.

Das wenige Licht zeigte ein grauenhaftes Bild:

Die im Badewasser gestorbene Gudrun lag mit vom Todeskampf verzerrten Gesicht begraben unter dem auf die Wanne gestürzten Regal, dessen aus vielen kleinteiligen Utensilien bestehender Inhalt über die tote Gudrun gekippt war und ihre Leiche gleichsam drapierte.

Angesichts des Chaos um sich herum und des bizarren Anblicks, den die tote Gudrun bot, besaß Ella nur den Impuls: „Weg von hier!"

Sie raffte sich auf, verließ fluchtartig das Badezimmer ohne noch einmal zurückzublicken, stolperte die steile Treppe hinab, beseitigte den Holzkeil, zog die Haustür zu und duckte sich hinter einen Mauervorsprung, um nicht gesehen zu werden.

Um nichts in der Welt wollte sie jetzt ihrem Gatten begegnen, der sich mit raumgreifenden Schritten Gudruns Haus näherte. Überraschenderweise unternahm Walter aber keinen Versuch, in Gudruns Haus zu gelangen, sondern bewegte sich zielstrebig auf den Außenbriefkasten zu. Er zögerte einen Moment, warf dann jedoch den Zettel ein, den er bereits mit sich geführt hatte, ging zu seinem geparkten BMW und fuhr davon, ohne seine Frau, die sich nur wenige Meter von ihm entfernt aufhielt, entdeckt zu haben.

Zu gerne hätte Ella gewusst, was auf Walters Zettel stand. Sie zögerte kurz, doch dann siegte Neugier über Anstand und Rechtsempfinden: Ella brach einen Zweig von einem Weißdornbusch ab und versuchte ihr Glück, nachdem sie sich umgesehen und festgestellt hatte, dass niemand ihr ungesetzliches nächtliches Treiben beobachtete.

Tatsächlich war das Glück ihr gewogen: Es gelang ihr mit Hilfe des Weißdornzweigleins den im Kasten befindlichen Zettel aufzuspießen und durch den verhältnismäßig breiten Briefkastenschlitz heraus zu bugsieren.

Was Ella auf dem Zettel zu lesen bekam, berührte und beschämte sie gleichermaßen: „ Liebe Gudrun, du hattest recht. Ich war wankelmütig, aber jetzt habe ich mich entschieden: für meine Frau! Danke, dass du mir die Chance gegeben hast, mich zu entscheiden. Leb wohl, W.!"

Ella musste bei diesen Worten die schrecklichen Bilder von der toten Gudrun verdrängen. Sie zerknüllte den Zettel und steckte ihn in ihre Handtasche, dann eilte sie zu ihrem Polo und fuhr die wenigen Kilometer nach Hause.

Walter war schon zu Bett gegangen. Sie würden miteinander reden müssen, sagte sich Ella, aber „Morgen ist auch noch ein Tag!"

Mit dieser Redewendung im Kopf wollte sich auch Ella jetzt zur Ruhe begeben. Sie fand jedoch nicht in den Schlaf, sondern wälzte sich in ihrem Bett unruhig hin und her.

Ihr Bewusstsein wehrte sich ebenso verzweifelt wie vergeblich gegen die Bilder vom Todeskampf der Gudrun Reinke, doch wie zum Hohn schob sich in Ellas grüblerischen Gedanken wie ein Mantra jene Abschiedsfloskel „Leb wohl", mit der Walter eigentlich in freundlicher und respektvoller Weise den unlängst begonnenen Kontakt zu Gudrun beenden wollte.

Angesichts von Gudruns Tod, von dem Walter noch keine Kenntnis hatte, wirkte diese Floskel nun geradezu zynisch und unangemessen.

Sie hätte, wenn dies noch möglich gewesen wäre, unbedingt ersetzt werden müssen durch den pietätvolleren, aber ebenso ehrlich gemeinten Wunsch „Ruhe in Frieden" (R.I.P.).

Ronald

Nachdem zunächst Walter im Zorn und danach – unabhängig davon – Ella wegen ihrer Kopfschmerzen die Doppelkopfrunde verlassen hatte, war es auch Ronald nicht länger nach Kartenspielen zumute. Er verabschiedete sich von den Gastgebern sowie den übrigen Doppelkopfspielern.

Seine Frau Annelie lag punktgleich mit der Gastgeberin vorn und wollte unbedingt ihre Chance nutzen, als Siegerin des Abends nach Hause zu gehen. Deshalb verabredete sie eine Mitfahrgelegenheit bei einem befreundeten Ehepaar, das in ihrer Nachbarschaft wohnte. Obwohl Ronald bereits leicht schwankte, etwas verwaschen sprach und damit deutliche Zeichen seiner Fahruntüchtigkeit aussandte, unternahm sie keinen Versuch, ihren Mann zum Bleiben zu bewegen, als er ihr sagte, er habe noch etwas zu erledigen.

Sie war es mittlerweile einfach leid, gebetsmühlenhaft immer wieder auf die Gefährdungen bei Trunkenheit am Steuer hinzuweisen, um zu erleben, dass ihr Mann sich einen Dreck darum scherte.

Seine Trunkenheit hinderte Ronald nicht daran, sich ans Steuer seines 50er Jahre Mercedes Benz 170 S zu setzen. Nachdem er eine ganze Weile ziellos in der

Gegend herumgefahren war, hatte er endlich ein klares Ziel vor Augen: Er wollte zu Gudrun! Dass sie ihn quasi rausgeschmissen hatte, beeindruckte ihn nicht weiter. Sein männlicher Charme, seine Womanizer-Qualitäten, über die er offensichtlich verfügte und auf die er so stolz war, würden es schon wieder richten. In bester Laune und Vorfreude auf eine Wieder-Vereinigung mit Gudrun fuhr er in Richtung Fähensen, passierte ein Wäldchen und gelangte dann an ein von Feuchtwiesen beiderseits umsäumtes Straßenstück, über dem die aus den Wiesen steigenden Nebel waberten.

Ein entgegenkommendes Fahrzeug mit aufgeblendeten Scheinwerfern nahm Ronald kurzzeitig die Sicht. Gerade noch aus dem Augenwinkel nahm er eine Bewegung wahr, auf die er mit einem hastigen Griff ins Lenkrad reagierte. Unmittelbar vor sich sah Ronald noch zwei fluoreszierend-glühende Punkte, da knallte es auch schon. Ein mächtiger Schlag traf das Fahrzeug und ließ es rechts mit den Rädern auf die durch den Dauerregen der letzten Tage völlig aufgeweichte Berme geraten. Nun gab es kein Halten mehr: Der Wagen gehorchte keinem Lenkmanöver, sondern schoss mit hoher Geschwindigkeit in die Wiese, streifte rechtsseitig einen Chausseebaum, wodurch auf der linken Seite die Fahrertür aufsprang.

Ronald, der trotz zwangsweise nachgerüsteten Sicherheitsgurten aus nostalgischen Gründen in seinem historischen Fahrzeug niemals angeschnallt fuhr, wurde von der enormen Wucht des Aufpralls etwa zwanzig Meter weit durch die Luft geschleudert, und zwar ungehindert, weil die Fahrertür, die sich bei älteren Mercedesmodellen nach vorne öffnete, dem hinauskatapultierten Körper keinen Widerstand entgegensetzte.

Äußerlich kaum verletzt, aber vollkommen orientierungslos landete Ronald in einem Tümpel, in dem er noch eine Weile mit Schlingpflanzen kämpfte, die in dem nährstoffreichen Biotop wucherten, sich überall ausgebreitet hatten und die ihn unter Wasser festhielten, bis er - in Todesangst strampelnd – all seine Atemluft verbraucht hatte und leblos im dichten Schlammgrund des Tümpels versank.

Ronalds Fahrzeug hatte sich nach der Baumberührung gedreht und richtete seine Scheinwerfer, die immer noch brannten, in Richtung Landstraße, auf der schon bald nach dem Unfall ein Tankwagen der lokalen Molkereigenossenschaft entlangfuhr, dessen Fahrer nach einem Blick auf den demolierten Oldtimer-Benz und den verendeten kapitalen Keiler am Straßenrand zu seinem Handy griff und einen Wildunfall bei der Notrufzentrale vermeldete, auf die

Frage nach einem Personenschaden allerdings Fehlanzeige machen musste, weil weit und breit kein Fahrer zu sehen war und sich auch auf entsprechende Rufe und Aufforderungen, sich zu melden, keine Reaktion kam. Der Tankwagenfahrer war sich ziemlich sicher, dass sich der Fahrer des Unfallwagens von der Unfallstelle entfernt hatte, um einer ggf. angeordneten Blutprobe zu entgehen. Er würde bestimmt erst am nächsten Tag von sich hören lassen.

Als die Polizei am Unfallort eintraf und die Unfallstelle inspizierte, teilte der Tankwagenfahrer den Beamten seine Vermutung mit und fand bei ihnen ein zustimmendes Kopfnicken. Etwas Ähnliches hatten sich die Polizisten auch schon gedacht.

Studienrat Ronald Voss aber blieb verschollen und tauchte buchstäblich auch nicht wieder auf.

Irgendwann ließ Annelie, seine Frau, Ronald für tot erklären, obwohl er sich Gerüchten zufolge ins außereuropäische Ausland abgesetzt haben sollte.

Angeblich lebte er unter falschem Namen wohl situiert als Zuhälter in San Jose.

Andere Informationen sahen ihn als Fremdenführer durch die Ghost Towns der Rocky Mountains bzw. zeitgleich in Nepal als Produzenten von Erzeugnissen aus Yakmilch.

Am Glaubhaftesten erschien noch die Aussage, man habe Ronald Voss als Wracktaucher in der Sundasee angetroffen, weil er gerne, wie auch gerade der Unfall gezeigt hatte, den Dingen auf den Grund ging.

Epilog

Walter hatte sich vorgenommen, mit seiner Frau am Tag nach dem Doppelkopfabend wegen ihres außerehelichen Techtelmechtels „Tacheles" zu reden.

Wie so oft bei Walter blieb es auch dieses Mal beim Vorsatz.

Der Versuch, gedanklich das Für und Wider einer ernsthaften Aussprache der Eheleute abzuwägen, scheiterte an Walters Entscheidungsschwäche, die seiner Wankelmütigkeit geschuldet war und ihn weitgehend handlungsunfähig gemacht hatte.

In dieser Situation kam Walter der Zufall bzw. jenes Quäntchen Glück zu Hilfe, das ein Mensch braucht, wenn er in einer Handlungsblockade steckt: Auf der Suche nach einem Zweitschlüssel für die Garage kramte Walter in der Handtasche seiner Frau und hatte plötzlich einen zerknüllten Zettel in der Hand, der aus seinem eigenen Terminplaner herausgerissen worden war und eine von ihm geschriebene Mitteilung enthielt, die sich zweifelsfrei nicht an Ella richtete, sondern für eine ganz andere Empfängerin bestimmt war.

Für einen ersten Moment glaubte sich Walter im falschen Film und begann bereits an seiner geistigen Gesundheit zu zweifeln, doch dann inspizierte er den Zettel genauer und bemerkte jetzt die kleinen Löcher im Papier. Den Trick mit dem Dornenzweig hatte er bei den Pfadfindern gelernt und später einmal seiner Frau gezeigt, nicht ahnend, dass er selbst einmal dadurch von ihr ausgetrickst werden würde.

„Na warte", sagte Walter in Gedanken zu seiner Frau, „das werde ich dir heimzahlen!"

Spontan hatte er eine Lösung gefunden, die seinem Bedürfnis nach einer Revanche entsprechen könnte und Ella auf jeden Fall sprachlos machen und ihr genügend Stoff zum Nachdenken geben würde.

Walter riss ein unbeschriftetes Blatt aus seinem Terminplaner heraus, zerknüllte es und platzierte es in genau den Winkel von Ellas Handtasche, dem er den an Gudrun gerichteten und von seiner Frau zerknüllten Zettel entnommen hatte.

Ella würde sich, so wie Walter seine Frau einschätzte, bestimmt nichts anmerken lassen, würde sich aber insgeheim furchtbar darüber ärgern, dass nun am Ende sie den schwarzen Peter in ihren Händen hielt. Walters Aktion mit den vertauschten Zetteln war genau der Schuss vor den Bug, den seine Frau vermutlich brauchte, um zu erkennen, dass sich ihr Verhalten im Widerspruch zu ihren hoch gelobten moralischen Ansprüchen befand, der ihr aber auch ermöglichte, in dieser Situation ihr Gesicht zu wahren.

Walter selbst war über Nacht ein anderer geworden: Gestern noch hatte er völlig frustriert und geradezu panisch voller Zorn die Doppelkopfrunde verlassen. Gudrun und die Erfahrung, noch attraktiv für eine fremde Frau zu sein, sich aber dennoch zur eigenen Frau bekennen zu können, hatte Walter nicht nur äußerlich in seinem Auftreten an Statur gewinnen lassen, sondern ihm auch eine tiefe innere Befriedigung verschafft.

Dankbar bilanzierte Walter für sich, dass er - alles in allem - trotz der Geschichte mit dem Fuchs ausgesprochen Schwein gehabt hatte.

Dazu gesellte sich der Stolz darüber, dass auch er - wie der Trick mit den vertauschten Zetteln bewies - ganz schön ausgefuchst agieren konnte

Felix Wojtyla

"Wenn ich doch bloß draußen im Vatikanischen Museum noch auf die Toilette gegangen wäre", dachte Felix. Dort neben dem Souvenir-Shop hatte er das Schild mit dem bekannten Piktogramm gesehen, das die Umrisse von Mann und Frau zeigte und ihm schon so oft den Weg in höchsten Nöten gezeigt hatte.

Wenn er doch bloß auf seine innere Stimme gehört hätte, die in Wahrheit die Stimme seiner Mutter war, die zu ihm so oft gesagt hatte: „Junge, wenn du irgendwo an einem fremden Ort bist, schau dich sofort nach den Notausgängen und den Toiletten um, damit du nie in Verlegenheit gerätst - man kann nämlich nie wissen!". Wenn er doch bloß....

Aber nun war es zu spät!

Unaufhörlich und unbarmherzig drängte die Gruppe von lauter aufgeregten Teenagern voran, verstohlen kichernde Mädchen und ernst blickende Jungen, die sich aber heimlich knufften und anrempelten.

Felix mitten unter ihnen. Vor ihm Sebastian, sein Freund, der auch wie Felix aus Dinklage stammte und mit dem zusammen er in die 7. Klasse der Kolping-Schule ging. Schräg hinter sich bemerkte Felix aus den Augenwinkeln Sabrina, seine große Liebe seit dem Beginn ihrer gemeinsamen Reise.

Sie waren vor zwei Wochen aus Vechta aufgebrochen, eine schier endlose Karawane aus insgesamt 20 Bussen der Firma Franz Höffken, die alljährlich in den Sommerferien das heimatliche Emsland verließen mit dem Ziel Rom und dem nahegelegenen Badeort Terracine.

Sabrina war in seinen Bus gestiegen, wo er schon zusammen mit Sebastian sehnsüchtig darauf wartete, dass es endlich losging.

Aber als er das Mädchen erblickte, das von ihrer Clique nur "Sabi" genannt wurde, hatte er sich sofort in sie verliebt. Die ganze Fahrt über, das waren mehr als 20 Stunden gewesen, hatte er ständig an sie denken müssen und immer mal wieder nach ihr geschaut. Aber sie hatte anscheinend gar nichts bemerkt und war immer nur mit ihrer Clique beschäftigt gewesen.

Sabi war also jetzt hinter ihm in der Schlange!

Er fühlte, wie sein Herz schneller schlug.

Erst gestern hatte er ihr zugesehen, wie sie mit ihrer Clique am Strand von Terracine Volleyball gespielt hatte in ihrem blassblauen Bikini, der so gut zu ihrer gebräunten Haut und ihren langen schwarzen Haaren passte.

Dass sie jetzt hinter ihm stand - unerreichbar - gab ihm einen Stich.

Wahrscheinlich hatte sie auch gestern nicht bemerkt, wie er nur sie anschaute, nur mit ihr allein beschäftigt war in seinen Gedanken. Und auch heute: Wer war er schon? Einfach einer von unüberschaubar vielen in einer langen Reihe von Jugendlichen, die sich langsam vorwärtsbewegten.

„Es ist wie bei einer Prozession", dachte Felix, „nur dass dabei keine Lieder gesungen werden. Warum eigentlich nicht, wozu haben wir die eigentlich die ganze Zeit abends in unserer Zeltstadt eingeübt?", fragte sich Felix und hing ein wenig seinen Gedanken nach, während er sich langsam vorwärtsbewegte.

Fast jeden Abend, wenn sie alle zufrieden und müde vom Strand gekommen waren, hatten sie sich nach dem Essen um das große Lagerfeuer versammelt und hatten ihre Lieder gesungen, um sich herum die blauschwarze mediterrane Nacht, in der das Zirpen der Zikaden die Luft durchdrang.

Der Kaplan, der schon die ganze Reise über von Vechta an ihr ständiger Begleiter war, hatte seine

Gitarre mitgebracht und laut und mit kräftigem Ton die Lagerlieder angestimmt, Lieder, die den christlichen Glauben besangen oder einfach die Sehnsucht nach der Ferne zum Ausdruck brachten, auch Lieder aus der Friedensbewegung.

Felix mochte besonders gerne den alten vierstimmigen Kanon "Dona nobis pacem" - "Gib uns Frieden". Aber auch das neue Lied "Wir wollen Frieden für alle", das hier auf der Jugendfreizeit gesungen wurde, hatte es ihm angetan.

Schon früh war ihm aufgegangen, dass Frieden etwas sein musste, was ihm selbst viel bedeutete. Zu Hause in Dinklage war er in letzter Zeit oft Zeuge des nicht enden wollenden Streits in seiner Verwandtschaft geworden, wenn sie sich wieder einmal alle in die Haare kriegten wegen der Nutzung dieses lächerlichen Hausgrundstücks am Nelkenweg, das ihnen von irgendeinem verstorbenen Onkel namens Clemens, den er persönlich überhaupt nicht gekannt hatte, vererbt worden war.

Bei jedem Familienfest in der letzten Zeit, ob bei der Silberhochzeit von Karl und Friederike oder bei der Taufe der kleinen Nele gab es in der Erbengemeinschaft Zoff, manchmal war es Felix richtig körperlich übel dabei geworden, wenn er miterleben musste, wie sich seine Verwandten gegenseitig angifteten, beschimpften oder nur mit spitzen Bemerkungen die Feststimmung kaputtmachten. Besonders schlimm trieb es seine Tante Frieda. Eine richtige Giftspritze konnte sie sein, wenn sie gegen Onkel Heinz geiferte. Ihr Hass machte sie dann richtig hässlich und auch der Onkel, der sie mit vom Alkohol geröteten kleinen Augen dumpf anstierte und sie mit der geballten Faust bedrohte, wirkte nicht gerade attraktiv.

Felix schämte sich dann für die ganze Sippe und dachte nur bei sich: „Wenn sie doch nur endlich Ruhe und Frieden geben würden."

Meistens gingen sie dann alle am Ende ganz erschöpft auseinander, bis der Streit bei nächster Gelegenheit wieder aufflammte.

"Wir wollen Frieden für alle". Diese Zeile aus dem Lied, das sie am Strand gesungen hatten, ging Felix nicht aus dem Kopf, als er mit den vielen anderen Jugendlichen in der Schlange weitergeschoben wurde.

Plötzlich drehte sich Sebastian, der vor ihm war, nach ihm um.

Sein Kumpel machte ihm ein Zeichen, deutete mit der Hand nach vorn. Über den Köpfen der vielen Jugendlichen vor ihm sah Felix etwas blitzen.

Er wusste sofort, was das war: die Spitzen der Hellebarden! Und dann sah er auch schon die blanken, sichelförmigen Helme der Schweizergardisten.

Im Zeltlager hatten sie Bilder herumgehen lassen von den legendären Soldaten des Papstes, wie sie mit ihren blau-gelb gestreiften Pluderhosen und den silbrig glänzenden Harnischen, Helmen und aufgepflanzten Hellebarden in versteinerter Pose den Eindruck von unerschütterlicher Entschlossenheit vermittelten.

"Wie zwei Höllenhunde bewachen sie den Zutritt", dachte Felix, als er mit der Menge vorwärtsgeschoben wurde, doch dann wurde ihm bewusst, dass diese Vorstellung wohl ziemlich unpassend war. Schließlich befanden sie sich ja nicht auf dem Weg in die Unterwelt, sondern wollten zum Audienzsaal des Papstes.

Schon im Reiseprospekt des Veranstalters Franz Höffken war als Höhepunkt der Jugendreise nach Rom die mögliche Privataudienz beim Papst angekündigt worden und Felix war gerade auf dieses Ereignis besonders gespannt gewesen.

Einmal den polnischen Papst aus nächster Nähe sehen zu können, vielleicht auch mit ihm sprechen, der konnte ja sogar Deutsch!

Nur zu dumm, dass er, Felix, nicht noch vorher auf die Toilette gegangen war, jetzt quälte ihn seine volle Blase und er konnte sich gar nicht so recht entspannt auf die vielen neuen Eindrücke um ihn herum einlassen.

Als ihn die Menge jetzt in den Audienzsaal schob, vorbei an den Schweizergardisten, sah er an den gewaltigen Säulen hoch. Die Decke des Saales war mit riesigen Bildern bemalt in ganz lichten Farben, die dem ansonsten dunklen Raum mit dem noch dunkleren Gestühl etwas Himmlisches verliehen.

"Himmlischer Vater" das war das Wort, das Felix spontan durch den Kopf ging, als er schließlich mit den anderen Jugendlichen in eine Bank geschoben wurde. Die letzten Jugendlichen setzten sich gerade auf die Bänke, als vorne in der ersten Reihe des Audienzsaales der Kaplan aufstand mit umgehängter Gitarre und leise ihr Lagerlied anstimmte. Und dann brauste es plötzlich los aus den Kehlen von Hunderten erwartungsfroher Jugendlicher, ihr Lied "Hewenu schalom alechem" - "Wir wollen Frieden für alle, Frieden in der Welt".

Felix schauderte, er spürte, wie er eine Gänsehaut bekam, so schön klang ihr Lied in der großen Halle und bei der zweiten Strophe "Wir bringen Frieden für alle, Frieden jedermann", da fühlte er, dass es das war, was er wollte, was für sein eigenes Leben wichtig sein sollte, Streit zu schlichten und Frieden zu bringen, Frieden jedermann.

Eine ganz seltsame Erregung ergriff ihn, es schien ihm, als würde er wachsen, als würde er ein anderer. Er beugte sich vor und wie von einer unsichtbaren Woge angetrieben, stand er auf und rief mit den anderen vor und neben ihm, die sich auch erhoben hatten: "Viva il Papa!", und wieder, "Viva il Papa!", bis sie alle schon ganz heiser waren.

Da erloschen wie auf ein vereinbartes Zeichen die Lichter in den großen Kandelabern, die von der Decke herabhingen, gleichzeitig gingen an der Stirnseite des Audienzsaals scheinwerferartige Lampen an, die ein gleißendes Licht erzeugten, in dem die gebeugte Gestalt des Papstes sichtbar wurde.

Ja, es war der Papst in seinem bekannten weißen Ornat, der Stellvertreter Christi auf Erden, Haupt der katholischen Kirche, bekannt von ungezählten, vom Fernsehen stets übertragenen großen Auftritten bei einer seiner vielen Reisen, wenn er wieder einmal auf der Erde niederkniete, um den Boden eines fremden Landes oder Erdteils zu küssen.

Hier in seinem eigenen Palast bewegte er sich gar nicht so gemessen und zeremoniell, sondern, wie es

Felix schien, ganz selbstverständlich und in fast beschwingter Gelassenheit.

Johannes Paul hielt eine kurze Ansprache auf Deutsch, von der Felix nur verstand, dass sich der Papst freute, sie alle hier in seinem Palast zu sehen und dass er ihnen für ihr weiteres Leben Festigkeit im Glauben und Treue zu ihrer gemeinsamen Mutter, der römischen Kirche wünschte, dann hob er die Arme und sprach seinen Segen über sie.

Das würden der Höhepunkt und gleichzeitig das Ende der Privataudienz beim Heiligen Vater sein, hatte ihnen ihr Vikar gesagt. Sie sollten dann alle aufstehen und reihenweise den Audienzsaal auf dem gleichen Wege, den sie gekommen waren, wieder verlassen.

Aber so kam es nicht.

Johannes Paul dachte nämlich gar nicht daran, die Audienz zu beenden, sondern er ging durch den Mittelgang gemächlich an den Jugendlichen vorbei, hielt hier und dort kurz inne, um beiläufig ein paar Worte an einzelne Jungen oder Mädchen zu richten.

So kam der Heilige Vater auch in die Nähe von Felix, der seinen Platz genau am Mittelgang hatte.

Felix blieb fast das Herz stehen.

Wenn der Papst nun zu ihm käme, wenn er ihn ansprächte...

Nicht auszudenken!

Felix starrte den gebeugten weißen Mann, der sich ihm langsam näherte angsterfüllt an, er konnte den Blick nicht vom Papst abwenden, auch nicht, als dieser den Blick schließlich mit einem leisen Lächeln aus seinem faltenreichen Gesicht erwiderte.

Johannes Paul hielt vor Felix inne, schaute ihm geradewegs ins Gesicht und ergriff dann die herabhängende rechte Hand von Felix um sie zu drücken, dabei sprach er zu Felix in seinem polnisch gefärbten Deutsch, sprach davon, wie wichtig es sei, dass gerade junge Menschen fest an etwas glaubten und wie auch er als junger Mann und später als Priester in Polen sich schon für die katholische Sache und ein Leben entschieden habe, das dem Frieden unter den Menschen gewidmet sein sollte. Während er sprach, schüttelte er die ganze Zeit Felix' Hand, wie um seinen Worten besonderen Nachdruck zu verschaffen.

Am Ende seiner kleinen Rede löste der Papst den Händedruck mit Felix und legte dem Jungen seine Hand auf den Kopf, während er einen kurzen Segen sprach, dann, nachdem der Papst Felix noch einmal freundlich zugenickt hatte, ging er weiter bis zum

Ende des Mittelgangs, wandte sich nach rechts um und verschwand hinter einer unscheinbaren Seitentür.

Ein Gemurmel erhob sich nach der atemlosen Stille, die geherrscht hatte, als Johannes Paul an den Jugendlichen vorbei durch die Mitte des Audienzsaals gegangen war.

Felix war noch ganz benommen, während ihn die anderen Jugendlichen um ihn herum neidvoll beglückwünschten. Sebastian, sein Kumpel, gratulierte ihm mit einem freundschaftlichen Schlag auf die Schulter und freute sich offensichtlich, dass sich der Papst ausgerechnet jemanden aus Dinklage für seinen Privatsegen ausgewählt hatte.

Als die Freunde zusammen mit den anderen Jugendlichen aus der Bank gedrängt und dem Saalausgang entgegengeschoben wurden, sah Felix plötzlich Sabi vor sich. Sie, die die ganze Zeit hinter ihm gewesen war, lief nun vor ihm und er konnte sie von seiner jetzigen Position aus ganz bequem beobachten. Irgendwie schien sie seinen Blick gespürt zu haben, denn sie drehte sich um und für einen kurzen Moment sah sie ihn direkt an.

Felix schien, als wäre ein kleines, verstohlenes Lächeln über ihr Gesicht gehuscht, ein Lächeln, das ihm sagte: Sie hat mich bemerkt, sie kennt mich jetzt, sie weiß jetzt, wer ich bin, vielleicht mag sie mich ja, wir werden sehen.

Doch dann dieser erneute Druck in seiner Blase. Die ganze Zeit hatte er völlig vergessen, dass er eigentlich schon lange hätte auf die Toilette gehen müssen. Aber nun wurde es ganz unerträglich, er dachte nur: „Wenn ich jetzt nicht sofort ein Klo finde, dann mach ich mir in die Hose."

Er trat von einem Bein aufs andere, versuchte, nicht daran zu denken, krümmte sich, spannte seine Muskeln an. Ausgerechnet jetzt kamen sie an den gestrengen Ordnungshütern, den Schweizergardisten vorbei, da konnte er doch nicht...

Doch er konnte!

Er nahm seinen ganzen Mut zusammen, scherte aus der Reihe aus, geradewegs auf den Gardisten zu, trat vor ihn hin, natürlich von einem Bein aufs andere und presste mit fast tonloser Stimme aus sich heraus: "Scusi, el gabinetto, please!"

Der Schweizergardist blickte mit leicht spöttischer Miene auf ihn herab und deutete mit der leicht angewinkelten Hellebarde auf einen kleinen Seitenflur zur Linken, an dessen Ende Felix die rettenden Schilder "Uomini" und "Donne" erblickte. Er stotterte noch ein verlegenes "Grazie", was der Schweizergardist mit einem freundlich Schwyzerdütschen

"S`guat, Bübli" beantwortete und schon stürzte Felix der rettenden Tür entgegen, riss sie auf und fand sich in einem beige-braun gekachelten Raum mit lauter Pinkelbecken wieder.

Er wandte sich dem nächstgelegenen Becken zu, öffnete noch im Herangehen den Reißverschluss seiner Hose und da schoss es auch schon aus ihm heraus.

Felix nahm noch wahr, dass das Urinal bahama-beige war- er hatte mal bei Sebastians Vater, der einen Sanitärwarengroßhandel hatte, in den Ferien ausgeholfen und wusste daher, dass man die Pinkelbecken Urinale nennt und kannte auch die gängigen Farbabstufungen des Sortiments. Bahama-beige waren damals die Ladenhüter, wahrscheinlich hatte der Vatikan sie alle günstig aufgekauft.

Ähnliches war Felix schon öfter passiert: In den unmöglichsten Situationen hatte er immer die unmöglichsten Gedanken und während es noch immer aus ihm herausströmte, dachte er nur immer wieder an den Segen des Papstes und leise sprach er vor sich hin "urbi et orbi" und dabei schwenkte er sein Glied wie eine Gießkanne von links nach rechts, bis er sich vollständig entleert hatte.

Als er endlich fertig war und ganz entspannt den Reißverschluss seiner Hose wieder geschlossen hatte, wollte er zum Waschbecken gehen und sich die Hände waschen.

Doch dann hielt er inne: Der Heilige Vater hatte ihm die Hand gegeben, seine Hand gehalten, lange gedrückt und ihm seinen Segen gegeben.

Er, Felix, hatte jetzt gesegnete Hände.

Er würde sich nicht den päpstlichen Segen so einfach wieder abwaschen; er würde sich überhaupt nie wieder die Hände waschen, schwor sich Felix.

Er war jetzt ein Held, genau wie Siegfried, der Drachentöter, der sich mit Drachenblut unverwundbar gemacht hatte, er war gesegnet, er war jetzt wer, das würde auch die Sippe in Dinklage zu spüren bekommen, wenn er wieder zurück war, dann würde er einfach mal ein Machtwort sprechen und dem ganzen Erbschaftsspuk ein Ende bereiten.

Und am Nachmittag, heute Nachmittag würde sich ganz bestimmt eine Gelegenheit ergeben, so im Vorbeigehen, scheinbar ganz unabsichtlich, seine bislang nur aus der Ferne bewunderte und nur heimlich geliebte Sabi mit seinen gesegneten Händen zu berühren, um ihr vielleicht ein weiteres Lächeln zu entlocken.

Er war schließlich Felix, das heißt: der Glückliche!

Falsche Tür

Aus dem Nachrichtenteil einer Lokalzeitung:

„Der nackte Kunde einer Prostituierten in Celle hat durch seinen Auftritt im Flur eines Mehrfamilienhauses für Aufregung gesorgt. Der Mann hatte zur Toilette gewollt und sich in der Tür geirrt. Statt in der Wohnung der Liebesdienerin fand sich der Mann im Hausflur wieder. Der 47-Jährige klingelte bei einer Nachbarin und bat um Kleidung. Die Frau alarmierte die Polizei..."

So könnte sich das Geschehen im Detail abgespielt haben: Geschichte 1

Die Prostituierte - wir wollen sie Chantal nennen - hatte das Verschwinden des Mannes bemerkt und bei sich gedacht: "Gut, dass er weg ist, der Scheißtyp. Soll er doch sehen, wo er bleibt. Hauptsache, ich habe mein Geld!"

Ohne weiter darüber nachzusinnen, sammelte sie die nachlässig auf dem Bett verstreuten Kleidungsstücke ihres Kunden auf, öffnete ein Fenster und schmiss alles in hohem Bogen nach draußen. Sie verzichtete darauf, der verschwitzen Unterwäsche, den leicht anrüchigen Socken sowie den übrigen, zumeist ungepflegten Kleidungsstücken des Mannes hinterherzuschauen, schloss dann geräuschvoll das Fenster und legte sich schließlich zufrieden mit der Welt in ihr komfortables und bereits angewärmtes Lotterbett.

Das mehrfache Klingeln an ihrer Wohnungstür ignorierte sie. Sie konnte sich schon denken, wer das war, hatte aber keine Lust, sich noch weiter mit dem Kerl abzugeben, der sie schon in der vergangenen Stunde über die Maßen in Anspruch genommen hatte.

Ihr Kunde war inzwischen, nachdem er bei Chantal kein Gehör gefunden hatte, im kalten Hausflur eine Zeitlang verzweifelt umhergeirrt und hatte schließlich bei einer Nachbarwohnung geklingelt.

Entgeistert hatte ihn die Frau angesehen, die ihm die Tür öffnete.

Zitternd vor Kälte stammelte er: „Lassen Sie mich bitte herein. Ich bin ausgesperrt worden, als die Tür zufiel, ich wollte nur zur Toilette und komme jetzt nicht mehr zurück in die Wohnung". Voller Ärger keifte die Frau ihn an: „Sie waren wohl bei der da oben, oder? Dann soll die olle Schlampe Sie auch schön wieder hereinlassen, hier kommen Sie jedenfalls nicht `rein! Los, verschwinden Sie!"

Angesichts seiner verzweifelten Situation dachte der Mann aber nicht daran, jetzt bereits die Stellung zu räumen, zu verführerisch fühlte sich ein Schwall warmer Luft an, der aus der Wohnung strömte und seine halb erfrorenen Glieder erwärmte.

In seiner „nackten" Not machte der Mann einen entschlossenen Schritt auf den Eingang zu. Diese spontane Aktion führte jedoch dazu, dass die Frau vor Angst gellend aufschrie und ihm mit einem lauten Knall die Tür vor der Nase zuschlug.

Verzweifelt hämmerte der nackte Mann mit seinen Fäusten gegen die Tür, um die Frau doch noch zum Öffnen zu bewegen, bewirkte allerdings damit genau das Gegenteil. Mit seinem Versuch, sich mehr oder weniger gewaltsam Zutritt zu der Wohnung zu verschaffen, hatte der Mann die Nachbarin vielmehr völlig gegen sich aufgebracht. In voller Rage, gemischt mit einem guten Quantum Angst, schrie die Frau aus ihrer Wohnung heraus: „Ich rufe jetzt die Polizei"!

Sie muss wohl ihre Ankündigung auch tatsächlich wahrgemacht haben, denn schon kurze Zeit später erschien die Polizei mit einem Streifenwagen am „Tatort". Dort angekommen, trafen die Beamten im

Vorgarten des Hauses auf einen splitternackten Mann, der in gebückter Haltung damit beschäftigt war, einzelne Kleidungsstücke zusammenzusuchen, um mit ihnen zunächst notdürftig seine Blößen zu bedecken.

Naturgemäß hatte der Polizeieinsatz Folgen:

Chantal erhielt eine Anzeige wegen groben Unfugs und Sachbeschädigung, ihr Kunde musste sich für die Erregung öffentlichen Ärgernisses verantworten, weil er sich in schamverletzender Weise gezeigt hatte. Chantals Nachbarin aber erhielt eine Vorladung bei der Staatsanwaltschaft; dort wurde ihr unterlassene Hilfeleistung zum Nachteil einer in Not geratenen Person vorgeworfen.

Aber die Dinge könnten auch einen völlig anderen Verlauf genommen haben: <u>Geschichte 2</u>

Als Neueinsteigerin hatte Cindy noch nicht viele Erfahrungen im horizontalen Gewerbe gesammelt und war auch noch nicht so abgebrüht, wie es manche schon länger tätige Prostituierte werden, die tagtäglich berufsbedingt gewisse Einblicke in die

Abgründe menschlicher, überwiegend männlicher, Leidenschaften gewinnen.

Deshalb tat ihr der Mann leid, der nach dem Besuch der Toilette offenbar die richtige Tür verfehlt hatte und jetzt vermutlich orientierungslos im kalten Hausflur herumirrte. „Ich muss ihn aus dieser misslichen Situation befreien", dachte sie, zog sich schnell ihren Kimono über und stürzte aus ihrer Wohnung.

Im Treppenhaus bemerkte sie ihren völlig entblößten Kunden, der vor Kälte zitternd vor der Tür zu der Nachbarwohnung stand und wild gestikulierend versuchte, sich der Nachbarin verständlich zu machen, was nahezu aussichtslos schien, da aus deren Wohnung laute Musik ins Treppenhaus drang.

Andrea Berg übertönte alles mit einem ihrer großen Hits aus dem Album „Splitternackt", dessen Titel „Zum Teufel mit der Einsamkeit" sich für das weitere Geschehen in der Nachbarwohnung – so viel kann hier schon vorweg genommen werden - als programmatisch erweisen sollte.

Nach dem Klingeln war Cindys Nachbarin, die gerade mit einem Glas Sekt ihren Feierabend einläuten wollte, unverzüglich zu ihrer Wohnungstür geeilt, hatte sie geöffnet und erst einmal geschockt, aber dann auch in gewisser Weise animiert vor dem gestanden, was sich da ihren Augen bot. Als sie den ersten Schreck über den zunächst verstörenden Anblick überwunden hatte, konnte sie jedoch dieser ungewöhnlichen Situation durchaus etwas abgewinnen, mehr noch: Sie verspürte ein plötzlich einsetzendes erotisches Kribbeln, das sie anfangs verwirrte, dem sie sich dann aber in zunehmend wonnevoller Hingabe überließ.

Dem Erwachen ihrer Sinne folgte ein plötzlicher Handlungsimpuls.

Ohne die möglichen Folgen ihres Tuns abzuwägen, schritt sie kurz entschlossen zur Tat. Die Nachbarin begann damit, ihre „Beute" in ihre Wohnung hineinzuziehen, denn als solche betrachtete sie insgeheim voller Lust den vor ihr stehenden nackten Mann.

Diese Aktion jedoch rief wiederum Cindy auf den Plan, die auf der Suche nach ihrem Kunden den Ort des Geschehens mittlerweile erreicht hatte und mit der vielgerühmten weiblichen Intuition das nachbarliche Manöver selbstverständlich sofort durchschaute.

Galliger Ärger stieg in Cindy hoch. Durch das Verhalten ihrer Nachbarin fühlte sie sich in ihren eigenen Interessen gravierend verletzt und um ihre legitimen Ansprüche betrogen, schließlich war der nackte Mann ja ihr Kunde. Nur um weniges zeitversetzt griff daher auch Cindy beherzt zu, um die „Beute", respektive den nackten Mann, nicht in „fremde Hände" fallen zu lassen, sondern ihn vielmehr für sich zu reklamieren.

Als beide Frauen jeweils einen Arm des Mannes gepackt hatten, um ihn in die Wohnung hinein- bzw. aus ihr herauszuziehen, regte sich bei dem nackten Opfer der vereinten weiblichen Gewaltausübung, sozusagen „stante pene", seine Männlichkeit.

Offenbar hatte die „zupackende" Art der beiden Frauen eine erotisierende und stimulierende Wirkung auf den nackten Mann, was den beiden Frauen natürlich nicht verborgen blieb.

Fasziniert starrten sie auf die Metamorphose, die sich da vor ihren Augen abspielte und aus einer zitternden, jämmerlichen Gestalt einen seiner eindrucksvollen Attribute sehr bewussten, aufrechten und stolzen Vertreter des männlichen Geschlechts werden ließ.

Der kleine Zauber der Natur ließ die aggressiv aufgeladene, wenn auch unausgesprochene Auseinandersetzung zwischen Cindy und ihrer Nachbarin unversehens zusammenschmelzen.

Verzaubert von dem Objekt ihrer gemeinsamen Begierde genossen die beiden Frauen jenen magischen

Moment, in dem sich wie auf ein plötzliches geheimes Zeichen die anfangs feindselige Atmosphäre in dem zugigen Hausflur völlig veränderte und sich weibliche Rivalität zu einer stillschweigenden Übereinkunft wandelte.

Verständnisinnig blickten sich beide Frauen an. Auf ihren Gesichtern zeigte sich ein erst erstauntes, dann maliziöses Lächeln und schließlich lösten sie unabgesprochen, aber gleichzeitig, den harten Zugriff auf die Arme des Mannes und bedeuteten ihm mit einladender Geste stattdessen, zusammen mit ihnen die Wohnung der Nachbarin aufzusuchen. Die Nachbarin ging voraus, der nackte Mann und Cindy folgten. Gemeinsam betraten sie die Wohnung.

Offenbar hatte die Nachbarin ihre Heizung voll aufgedreht, während die Beleuchtung heruntergedimmt war, so dass die drei nicht nur in wohlige Wärme, sondern auch in eine schummerige Atmosphäre eintauchten.

Während die Nachbarin sogleich in der Küche verschwand, schauten sich Cindy und ihr Kunde ein wenig um. Eine Wand des Wohnzimmers war großflächig mit einer Landschaftstapete beklebt; sie zeigte in orangefarbenen Tönen einen leicht kitschig anmutenden Sonnenuntergang am Meer.

An den übrigen Wänden hingen Reproduktionen von Bildern, die eine Vorliebe der Wohnungsinhaberin für romantische Motive erkennen ließen. Zwei Vitrinen beherbergten zahllose Plüschtiere. Die flache Eckcouchgarnitur lud zum Relaxen ein, auf dem Couchtisch standen noch eine angebrochene Flasche Pikkolo mit einem halb gefüllten Sektglas sowie etwas Knabberzeug.

Eine Duftöllampe verbreitete exotische Aromen.

Die Stereoanlage war noch immer voll aufgedreht. Andrea Berg sang gerade ihren Hit: "Diese Nacht soll nie enden", als die Nachbarin eine Platte mit lecker zubereiteten Schnittchen hereintrug.

Nach ein paar Minuten in der wohltuenden Wärme hatte der nackte Mann nicht mehr daran gedacht, nochmals einen Wunsch nach Kleidung zu äußern, wohingegen die beiden Frauen meinten, sich nunmehr ihrer Oberbekleidung entledigen zu können, es war ja schließlich gut eingeheizt in der Wohnung der Nachbarin.

In gemütlicher Runde, bei Schnittchen, reichlich Bier und ein paar Schnäpsen feierten die drei ihr zufälliges, aus einer Notsituation entstandenes, völlig unerwartetes, gleichwohl hocherfreuliches Zusammentreffen und genossen den flotten Beginn einer wunderbaren Freundschaft zu dritt....

Es wurde ein unvergesslicher Abend mit vielen reizvollen Eindrücken für jeden von den dreien. Man lernte sich näher kennen, auch durch den vertrauensvollen Austausch von Intimitäten, der selbst gewisse Enthemmungen nicht ausschloss, die sich in der erotisch aufgeladenen Atmosphäre situativ ergeben hatten.

Die Nachbarin und ihre „Gäste" verstanden sich prächtig. Nach reichlich bemessenem Alkoholgenuss und zu fortgeschrittener Zeit am Abend herrschte unter den dreien eine alberne, zunehmend ausgelassene Stimmung, die sich nach allerlei gegenseitigen Neckereien ihrem Höhepunkt näherte.

Der nackte Mann griff in die Schale mit dem Knabberzeug und warf Nüsse und Brezeln mit vollen Händen über und um sich, zielte mit seinen Würfen wohl auch auf Cindy und die Nachbarin.

Beide hatten zwischenzeitlich auch ihre restliche Bekleidung abgelegt und klaubten, nackt wie nun auch sie waren, das Knabberzeug vom Boden auf, um es zurückzuwerfen.

Als dann der nackte Mann in seinem Übermut auch noch zu den Kissen griff, die auf der Eckcouchgarnitur platziert waren, eskalierte das Ganze zur Kissenschlacht.

Die Frauen kreischten vor Vergnügen, während der Mann immer nur vor sich hinschrie: „Is det irre, is det irre - det gloobt mir Keener"!

Passend zu dem Geschehen sang Andrea Berg den Titel „Ein bisschen Wahnsinn". Die Stereoanlage war immer noch bis zum Anschlag aufgedreht und beschallte auch die übrigen Wohnungen des Mehrfamilienhauses.

Viele der Hausbewohner, die ja nicht zur Party eingeladen waren und sich angesichts der späten Stunde von dem Lärm massiv gestört fühlten, hatten bereits mehrfach an die Wände geklopft bzw. lautstark um Ruhe gebeten.

Einige Bewohner hatten sogar direkt an der Wohnungstür geklingelt, hatten aber wegen des Lärms, der drinnen herrschte, kein Gehör gefunden, waren folglich unverrichteter Dinge wieder abgezogen und hatten in sich dieser Situation keinen anderen Rat gewusst, als die Polizei zu rufen.

Nachdem auf dem örtlichen Polizeirevier bereits vier Beschwerden über Ruhestörung eingegangen waren, beorderte der diensthabende Revierleiter schließlich einen Streifenwagen zum Ort der Ruhestörung.

Die Beamten fanden die Vorwürfe der Hausbewohner vollauf bestätigt, hatten ihrerseits allerdings zunächst große Mühe, die Quelle des Lärms auszuschalten und für Ruhe zu sorgen.

Als ihnen schließlich nach längerem Sturmklingeln geöffnet wurde, tönte ihnen Andrea Berg von einer CD in voller Phonzahl mit ihrem neuen Hit „Ich schieß dich auf den Mond" entgegen, lautstark begleitet von dem Gegröle und Gekreische dreier mittlerweile stark alkoholisierter erwachsener Personen, die sich jedoch wie kleine Kinder benahmen und sich gerade zu einer Minipolonaise formiert hatten, in dieser Formation nackt durch die Wohnung hüpften und die verdutzten Beamten zum Mittanzen aufforderten.

Die Beamten waren entschlossen, sich weder von Andrea Berg auf den Mond schießen zu lassen, noch beabsichtigten sie, der Einladung dieses seltsamen „Trio Nudo" zum Mittanzen zu folgen, nahmen jedoch beide Ansinnen nicht persönlich, schon gar nicht dienstlich, sondern angesichts der grotesken Situation, die sich ihren Augen in der Wohnung bot, mit einer ausnahmsweise nur für besondere Vorkommnisse vorbehaltenen Portion polizeilichen Humors.

Allerdings: Die Spaßtoleranz der Beamten hatte auch ihre Grenzen!

Gemäß ihren dienstlichen Vorschriften verzichteten sie nämlich nicht darauf, gegen die Wohnungsinhaberin eine Anzeige wegen ruhestörenden Lärms auszufertigen. Zudem sorgten sie darüber hinaus auch noch dafür, das muntere Treiben der drei einsamen Herzchen mit sofortiger Wirkung zu unterbinden.

Dessen ungeachtet: Das letzte Wort beanspruchte Andrea Berg, denn auch in dieser Situation war die selbsternannte deutsche Schlager-Diva mit ihrer rauchigen Stimme nicht zu überhören.

Doch gerade als sie ihren Hit „Ist es zu spät?" ins Micro hauchte, drehten die Beamten der Stereoanlage den Saft ab und beantworteten damit, wenigstens für diesen Abend, durch entschlossenes Handeln ihre durchaus hintersinnige Frage.

Emma

Prolog

Anscheinend grundlos und unvermittelt herrschte plötzlich vor der Reitanlage das Chaos: Pferde wieherten, blähten die Nüstern, schnaubten, schüttelten ihre Mähnen, keilten aus und gefährdeten die Kinder, von denen einige noch angstvoll erstarrt zwischen den Pferden standen, während glücklicherweise die meisten jugendlichen Teilnehmer am heutigen Ausreiten bereits im Sattel saßen und auf den Abmarsch der kleinen Reitergruppe warteten, die sich schon vorher etwas abseits des dramatischen Geschehens gebildet hatte.

Mit ihnen warteten auch die Erwachsenen: Väter, Mütter oder sonstige Begleitpersonen. Sie alle schienen wie angewachsen und unternahmen nichts, um den von den unkontrollierten Hufausschlägen bedrohten Kindern in irgendeiner Form beizustehen.

Selbst Eric Saathoff, ein Hüne von Gestalt, konnte sich nicht aus seiner Erstarrung befreien, obwohl die Tochter seiner derzeitigen Freundin eins von den Kindern war, denen dringend geholfen werden musste, weil sie sich mitten im Zentrum des Aufruhrs der Pferde aufhielten.

Plötzlich löste sich aus der Erwachsenengruppe eine junge Frau, von der man allgemein nur wusste, dass sie aus Argentinien stammte und auf den ungewöhnlichen, aber einprägsamen Namen Frida Rosenblüth Dos Santos hörte.

Frida, deren Vorname sich übrigens ohne das sonst übliche „e" schrieb, war in dem dänischen Reiterhof stundenweise als Aushilfe bei allen anfallenden Arbeiten in den Stallungen beschäftigt, wurde von dem dänischen Stammpersonal wegen ihres freundlichen Wesens geschätzt, aber gelegentlich auch belächelt, wenn sie wieder einmal einem der Pferde lange Vorträge auf Spanisch hielt, was aber erstaunlicherweise die Pferde veranlasste, ihre Ohren aufzustellen und konzentriert Fridas Worten zu lauschen.

In dem plötzlich so unvermittelt entstandenen Aufruhr der Tiere ging Frida jetzt mit entschiedenen Schritten und furchtlos auf die durchgehenden Pferde zu, bahnte sich unerschrocken zwischen ihnen eine Gasse und nahm zwei Kinder an die Hand, die jetzt, wie aus einer Trance erwacht, losbrüllten und sich erst wieder beruhigten, nachdem sie von ihrer Retterin aus dem Getümmel herausgeholt worden waren und wieder bei ihren Eltern Zuflucht gefunden hatten.

Durch das beherzte Eingreifen der jungen Frau war nicht nur die Rangelei der Pferde beendet worden, mit denen die ansonsten so friedlichen Haflinger offenbar ihre Rangordnung neu justieren mussten, sondern auch bei den Erwachsenen Erleichterung darüber eingekehrt, dass den Kindern nichts passiert war.

Dass außer der jungen Frau niemand mutig genug gewesen war, einzugreifen, hatte die tatenlosen Zuschauer beschämt und bei ihnen Schuldgefühle ausgelöst. Wahrscheinlich war deshalb die Bewunderung so groß, die man der jungen Frau entgegenbrachte, weil sie als Einzige von allen Erwachsenen den Mut gehabt hatte, zu handeln.

Frida avancierte zur Heldin des Tages. Man beglückwünschte sie und dankte ihr von allen Seiten für ihren bravourösen Einsatz.

Auch Eric, der sich selbst nicht getraut hatte, einzugreifen, um die Tochter seiner Freundin aus dem Pferdegetümmel zu retten, suchte Frida in der Absicht auf, ihr zu danken und seine Anerkennung für ihr mutiges und selbstloses Handeln auszusprechen.

Dabei erlebte Eric eine Frida, die in seiner Gegenwart offenbar ihre gesamte gerade noch so eindrucksvoll demonstrierte Selbstgewissheit verloren hatte und ein Verhalten an den Tag legte, das Eric im Umgang mit Frauen schon des Öfteren begegnet war: Nervös strich Frida ihr Haar zur Seite, senkte den Blick, lachte verlegen und errötete.

Für Eric waren das untrügliche Signale dafür, dass sich diese Frida Hals über Kopf in ihn verliebt hatte und ihn offensichtlich anhimmelte.

Weil er keine Komplikationen wollte, machte Eric es kurz und verabschiedete sich nur mit einigen dahingemurmelten Dankeschöns von der mutigen Tagesheldin. Schließlich war er mit seiner derzeitigen Freundin zusammen, die sicher keinen Spaß verstehen würde, wenn er mit einer anderen Frau flirtete.

Bereits in diesem Moment spürte Eric aber deutlich, dass er gerade im Begriff war, eine in ihm aufkeimende Liebessehnsucht zu verraten und eine einzigartige Lebenschance an sich vorbei ziehen zu lassen.

Aber es ging ihm nicht allein so, denn Frida schaute dem gutaussehenden, großgewachsenen Mann mit der Athletenfigur, den strohblonden Haaren und den vertrauenerweckenden blauen Augen, mit Bedauern hinterher.

Nur ihre gute Erziehung, die verlangte, sich keine Blöße zu geben, hielt Frida davon ab, offen um diese Sahneschnitte von Mann mit dessen Freundin zu konkurrieren, ja auch zu kämpfen, wenn es nötig wäre.

Frida konnte es nicht leugnen: Eric hatte es ihr angetan! Sie wollte ihn ganz für sich und nur der Umstand, dass er samt Freundin bereits am nächsten Tag abgereist war, hatte ihre Pläne letztlich durchkreuzt, ihn doch noch für sich zu gewinnen.

Noch viele Jahre später sollte sich Frida an diese kurze Begegnung am Rande eines Seeurlaubs an der Nordspitze Dänemarks und auch an die Gefühle, die sie dabei für einen gewissen Eric entwickelte, erinnern können.

Erbschaft

„Ich kann es noch gar nicht glauben!"

Eric Saathoff befand sich in Beststimmung. Erst am Vormittag hatte er an einer Testamentseröffnung teilgenommen, zu der ihn der Brief eines ihm nicht näher bekannten Notars beorderte.

Hier hatte er mit großem Erstaunen, aber ebenso großer Freude vernommen, dass ihm von einer kinderlos verstorbenen entfernten Verwandten die Hälfte einer geräumigen Villa in Escherode vermacht worden war. Diese Immobilie hatte zwar schon bessere Tage gesehen, wie die vom Notar vorgelegten Fotos zeigten, befand sich aber am Grafenhang in einer hervorragenden Wohnlage und besaß insofern einen erheblichen Wert.

Wieder einmal hatte sich für ihn ein Spruch aus Kindertagen bewahrheitet. Er hörte noch seine Mutter sagen: „Unverhofft kommt oft!"

Wenn die Dinge wieder einmal nicht so liefen, wie er es erwartet oder gewollt hatte und Eric trotzig mit dem Fuß aufstampfte und dabei „böse Worte" ausrief, war es seine Mutter Emma Saathoff gewesen, die mit dieser Redensart eine Serie von Backpfeifen ankündigte und dann auch gnadenlos ausführte.

Leicht hatte es Eric nicht gehabt in seiner Kindheit. Seinen Vater, von dem seine Mutter stets nur als Erics Erzeuger sprach, wenn dieser Mann denn überhaupt erwähnt wurde, hatte er nie zu Gesicht bekommen. Dafür war sein Großvater August Saathoff um so präsenter. Er tyrannisierte sowohl seine

Ehefrau als auch seine Tochter und ließ seine notorisch schlechte Laune auch gerne an seinem Enkel Eric aus.

Als er nach einer dramatisch schnell verlaufenen Krebserkrankung der Bauchspeicheldrüse schließlich verstarb, empfanden das Ehefrau, Tochter und Enkel seinerzeit direkt als Erlösung nicht nur für den krebskranken Mann, sondern vor allem für sich selber.

Eric war froh, dass er den Kindertagen entwachsen war und mittlerweile weder Mutter noch Großvater mehr eine Bedrohung für ihn darstellten.

Diesmal hatte es Fortuna gut mit ihm gemeint! „Das ist die ausgleichende Gerechtigkeit für eine ziemlich freudlose Kindheit, die ich hatte!", dachte er. Mit dieser Empfindung kommentierte Eric das unverhoffte Erbe für sich selbst, obwohl ihm die ganze Angelegenheit höchst seltsam und kaum nachvollziehbar vorkam.

Die Erblasserin, eine gewisse Magda Broszat, geb. Ackerschott, war ihm nämlich persönlich unbekannt. Lediglich ihr Name und eine damit verbundene Auswanderungsgeschichte von zwei Schwestern, Ilse und Magda, geisterten durch gelegentliche Familienunterhaltungen und hatten bei Eric schon früh den Wunsch entstehen lassen, einmal in Südamerika auf familiäre Spurensuche zu gehen.

Nun war mindestens in diesem Fall der Tod der entfernten Verwandten schneller gewesen und würde Eric wahrscheinlich dazu bringen, seine Reisepläne, die niemals konkret geworden waren, endgültig ad acta zu legen.

Ein mehrfaches Räuspern des Notars hatte Erics gedankliche Abschweifungen in ferne südamerikanische Gefilde unterbrochen. „Herr Saathoff, haben Sie mitbekommen, was ich Ihnen über die Besonderheiten dieser testamentarischen Verfügung sagte?"

Eric errötete und sagte kleinlaut: „Verzeihung, ich war ganz in Gedanken". Der Notar hatte daraufhin noch einmal auf die mit dem Erbe verbundenen Bestimmungen der Erblasserin hingewiesen: Die andere Haushälfte würde Magdas Schwester Ilse erben, verbunden mit einem lebenslangen Wohnrecht für sie. Zudem war ein Verkauf der Villa zu Ilses Lebzeiten nicht gestattet und schränkte folglich die Verwertbarkeit des Erbes für Eric doch ganz erheblich ein.

Eric würde „seine" Haushälfte also entweder selbst bewohnen oder vermieten müssen. Für den Fall, dass Letzteres einträfe, gab es in Magdas Testament zum Schluss noch eine weitere Bestimmung: Jeweilige Mieter müssten von Ilse Ackerschott, der unverheirateten Schwester der Erblasserin, akzeptiert werden.

Der Notar betonte, dass dies alles Ausschlusskriterien seien, deren Nichtbeachtung zur Folge hätte, dass Erics Erbteil, die Hälfte des Hauses, nicht ihm zugesprochen würde, sondern Ilse Ackerschott zufiele.

Angesichts des erheblichen Wertes dieser Immobilie musste Eric nicht lange über die ihm vorgelegte Alternative nachdenken, sondern akzeptierte und war damit von einem Tag auf den anderen zum Besitzer einer Haushälfte in bester Lage von E-scherode geworden.

Stolz und voller Vorfreude verließ Eric das Büro des Notars und machte sich auf den Weg, um sein Erbe zu besichtigen und jene ominöse Verwandte und Miterbin kennenzulernen, die über so bedeutsame Mitspracherechte verfügte, und von der er hoffte, dass sie nicht etwa zänkisch veranlagt sei, sondern dass man mit ihr über alle Hausbelange vernünftig reden könne.

Auf dem Weg zum Grafenhang, wo sich die ererbte Immobilie befand, kam Eric an der Mensa der örtlichen Universität vorbei. Eric spürte ein leichtes

Hungergefühl und beschloss spontan, sich vor der Begehung des ererbten Objekts erst einmal zu stärken. Danach wollte er sich der Überprüfung der Bausubstanz in seinem neuen Haus widmen. Es gab darin sicherlich jede Menge an Renovierungsaufgaben!

Außerdem wollte er sich der Miteigentümerin vorstellen und erste Verabredungen mit ihr über die künftig gemeinschaftliche Nutzung der Villa treffen.

Letztendlich musste er in diesem Zusammenhang auch für sich die Frage klären, ob er weiter, wie bisher, in seiner Mietwohnung leben oder sich verändern wollte.

Die ererbte Villa stellte ihn vor eine schwierige Frage!

Wiedersehen

„Hey, was soll das? Nicht vordrängeln! Wir wollen alle hier essen!", hörte Eric eine Frau rufen, die ein paar Plätze vor ihm in der Warteschlange vor dem Stammgericht anstand. Die junge Frau verfügte über eine hohe, laute Stimme, der ein typisch spanischsprachiger Akzent beigemischt war.

Aus den Augenwinkeln sah Eric, wie ein Mann als Folge der Zurechtweisung durch die junge Frau schleunigst den Rückzug antrat, verfolgt von vielen schadenfrohen Blicken.

Doch Erics Interesse galt weniger dem dreisten Mensabesucher als vielmehr der Frau, die diesem den versuchten Coup vermasselt hatte. Irgendetwas „klingelte" bei Eric.

Er war sich ziemlich sicher, dieser Frau schon einmal begegnet zu sein, meinte auch, ihre eigenartige Sprechweise schon einmal vernommen zu haben und zermarterte sich nun sein Hirn während des gesamten Essens über die Frage, wo das denn wohl gewesen sein könnte.

Endlich hatte er des Rätsels Lösung gefunden! Er erinnerte sich.

Als die Frau, die mit dem Rücken zu ihm an einem anderen Tisch gesessen hatte, aufstand und zu dem Rollband ging, um ihr Tablett dort abzulegen, stand auch Eric auf, folgte der Frau und sprach sie von hinten an: „Entschuldigen Sie, kennen wir uns nicht?"

Die Frau reagierte darauf in keiner Weise, so dass Eric nachlegte: „Wir waren doch beide vor einigen Jahren auf dem Reiterhof in Skagen!"

Fast gleichzeitig drehte sich die Frau um und funkelte Eric mit wütenden Blicken an. Ihr Gesichtsausdruck signalisierte Eric, dass sie ihn „rundmachen" wollte, dann aber setzte bei ihr allmählich ein Wiedererkennungsprozess ein, der sie veranlasste, die beabsichtigte wortreiche Beschimpfung des vermeintlichen Stalkers zu unterdrücken und stattdessen die vor einigen Jahren erfolgte Begegnung mit freundlichen Worten einzuräumen. Eric lud die junge Frau, die sich als Frida zu erkennen gegeben hatte, auf einen Kaffee in die Cafeteria der Hochschule ein, um, wie er sagte, ein wenig über „alte Zeiten" zu plaudern.

Frida willigte gerne ein und hatte bereits wieder „Schmetterlinge im Bauch", als sie beide losschlenderten und Eric sie galant unterfasste. Natürlich kamen sie noch einmal auf die dramatische Situation zu sprechen, als die Haflinger verrückt spielten, einige Kinder dadurch erheblicher Gefahr ausgesetzt waren und nur durch Fridas beherztes Eingreifen die Situation unter Kontrolle gebracht wurde.

Im Verlauf ihrer angeregten Unterhaltung erfuhr Eric, dass Frida aktuell ein Problem belastete, für das sie bislang noch keine Lösung gefunden hatte. Sie war auf Wohnungssuche und zurzeit wegen ihrer begrenzten finanziellen Mittel noch in einer einfachen, aber auch preiswerten Pension untergebracht, in der sie weitgehend aus dem Koffer lebte. Entsprechend unbehaust fühlte sie sich. Nicht zuletzt durch die unbefriedigende Wohnungssituation war ihr Elan erheblich beeinträchtigt, den sie für einen beruflichen Neustart eigentlich gebraucht hätte.

An ihrem bisherigen Wohnort war ihr der Job gekündigt worden, als der Arzt, bei dem sie viele Jahre als Sprechstundenhilfe gearbeitet hatte, seine Kassenzulassung zurückgegeben und sich in den Ruhestand verabschiedet hatte.

Nachdem sie zunächst mehrere Wochen lang vergeblich an ihrem bisherigen Wohnort auf Jobsuche gegangen war, hatte sie sich mit Erfolg in Escherode auf eine Stelle beworben.

Angesichts dieses Problems fühlte sich Eric herausgefordert, zu helfen. Er tat dies allerdings nicht ganz uneigennützig, sondern hoffte auch, dadurch Frida positiv beeindrucken und ihr näher kommen zu können.

„Dass wir uns heute über den Weg gelaufen sind, ist bestimmt vom Schicksal so gewollt, weil ich dir bei deinem Wohnungsproblem meine Unterstützung anbieten kann. Ich besitze nämlich seit kurzer

Zeit, genauer gesagt, seit wenigen Stunden, aufgrund einer Erbschaft eine Wohnung, die momentan leersteht.

Den Informationen des Notars zufolge ist die Wohnung Teil einer sehr geräumigen Villa in Escherode, die ich zur Hälfte geerbt habe und die sich am hiesigen Grafenhang, also in bester Lage befindet.

Ich hatte eventuell vor, selbst in die dort leerstehenden oben gelegenen Zimmer zu ziehen. Nach dem Plan, den mir der Notar mitgegeben hat, könnte man, so weit ich das mit meinem Laienverstand beurteilen kann, aus den dort vorhandenen Räumen mit kleinen baulichen Veränderungen zwei separate Wohnungen gewinnen, d. h. eine für dich und eine für mich.

Wenn du grundsätzlich interessiert bist und Zeit hast, kannst du gleich mit mir kommen und schauen, was sich in dieser Hinsicht machen lässt"

„Und ob ich Interesse habe, bislang war meine Wohnungssuche ja nicht so sehr von Erfolg gekrönt."

„Dann lass uns jetzt losgehen und schauen, ob wir demnächst Nachbarn werden."

Villa

Auf dem Weg zum Grafenhang, an dem die Villa gelegen war, informierte Eric seine Begleiterin noch rasch über die Konditionen, die ihm als Erben von der Erblasserin in ihrem Testament auferlegt worden waren und dann standen sie auch schon beide vor dem imposanten Gebäude, einer typischen Gründerzeitvilla, die sicher schon bessere Tage gesehen hatte, aber mit ihrem leicht morbiden Charme durchaus Eindruck machte.

Staunend betrachteten Eric und Frida die diversen Erker, Mauervorsprünge und kleinen Türmchen, die allesamt von den tausendfach verästelten Schlingpflanzen des Efeus umrankt waren.

Dann betraten beide leicht zögernd die ausladende Freitreppe, die zum Hauseingang führte. Eric zog am Seil einer Hausglocke, die ein schepperndes Geräusch von sich gab und im Haus mit Sicherheit nicht zu überhören war. Auch nach mehreren Versuchen, sich durch Läuten oder Klopfen Gehör und dadurch Einlass zu verschaffen, blieb Eric erfolglos: Nichts regte sich im Haus.

Schließlich gab Eric seine Versuche auf, gleichsam durch eine Art von „Anmeldung" Zutritt zu dem Haus zu bekommen, das ja immerhin zur Hälfte ihm gehörte und entnahm seiner Jackentasche den Schlüsselbund, den ihm der Notar zusammen mit einigen Unterlagen wie Bauplänen, gezeichneten Ansichten, Fotografien etc. übergeben hatte und steckte den Haustürschlüssel ins Schloss.

Problemlos, wenn auch unter heftigem Quietschen, ließ sich die schwere Eichenholztüre öffnen und gab den Blick frei auf eine in düsteren Farben gehaltene geräumige Diele, die mit altdeutschem Mobiliar überreichlich ausgestattet war und sowohl von Eric als auch seiner Begleiterin als beklemmend und wenig einladend empfunden wurde.

Zu diesem Eindruck trugen auch die vielen Geweihe und ausgestopften Tiere bei, die wahrscheinlich als Jagdtrophäen dienten, vielleicht aber auch nur als Wandschmuck angebracht worden waren. Kein Zweifel: In diesem Haus hatten sowohl Tierverachtung als auch Jagdleidenschaft geherrscht.

Vermutlich waren es die Ausdünstungen der im Raum befindlichen Textilien, also der größtenteils verschlissenen Teppiche, Gardinen, Polstermöbel sowie eines Gobelins von enormer Größe, die allesamt in der Diele für einen modrigen Geruch sorgten und gemeinsam mit der staubgesättigten Luft, die durch das einfallende Licht sichtbar wurde, dazu führten, dass Eric diesen Ort des Verfalls möglichst umgehend wieder verlassen wollte.

Von Frida musste er daran erinnert werden, dass er ja eigentlich gekommen war, um seinen Erbanteil in Augenschein zu nehmen. Kurz entschlossen und gefolgt von Frida betrat Eric daraufhin die breite Treppe, die vermittels einer geschwungenen Konstruktion in das Obergeschoss führte. Oben angekommen standen sie vor einer Etagentür, die Eric mit einem seiner mitgebrachten Schlüssel problemlos öffnete. Was beide anschließend beim Hineingehen in die Wohnung erlebten, ließ sie staunen. Im Gegensatz zum Eingangsbereich zur unteren Wohnung machte hier alles einen hygienischen und gepflegten Eindruck. Das Bemühen, den späteren Besitzern bzw. Nachmietern die Wohnung besenrein zu übergeben war unverkennbar. Einzig ein Stapel älterer Jahrgänge der Zeitschrift „Die Kunst und das schöne Heim" auf einer der marmornen Fensterbänke erinnerte noch an den Menschen, der hier bis vor Kurzem gelebt hatte.

Frida, die bei ihrer Wohnungssuche schon so manches völlig verwohnte, zugemüllte, verschimmelte und total überteuerte Mietobjekt kennengelernt hatte, war schier aus dem Häuschen, als sie bei ihrem Rundgang einen ersten Eindruck von der großzügig geschnittenen, hellen Wohnung gewann, die den Charme einer einstmals herrschaftlichen Villa widerspiegelte. Die hohen stuckverzierten Decken und der durchgehende Parkettboden, der beim Betreten leicht knarrte, hatten es ihr gleich angetan, ebenso wie das geräumige Bad mit der freistehenden Wanne in Übergröße sowie einem ebenfalls überdimensionierten marmornen Waschtisch, nicht zu vergessen die gut erhaltene Sanitärkeramik von WC und Bidet in bester englischer „Britannia Washout"-Qualität. Der Anblick der gefliesten Wände mit den in Türkis gehaltenen floralen Jugendstilmotiven versetzte Frida geradezu in Entzücken.

So sehr war sie gefangen in ihrer Begeisterung für die Ästhetik der besichtigten Räume, dass es ihr wenig ausmachte, als Eric ganz bekümmert mit der Nachricht zu ihr kam, es sei wohl schwierig, wenn nicht gar unmöglich, die Wohnung, wie nach Sichtung der Baupläne ursprünglich geplant, aufzuteilen. „Dann lassen wir sie eben so, wie sie ist und ziehen zusammen hier ein, als kleine WG. Wo ist das Problem?"

Was in Fridas Unterbewusstsein schon seit zwei Stunden geschlummert hatte, war jetzt plötzlich ans Tageslicht gelangt und fühlte sich nicht schlecht an, im Gegenteil! Frida stellte sich vor, wie es sein würde, wenn sie durch die Wohngemeinschaft näheren Kontakt zu dem Mann bekäme, der ihr immer noch Schmetterlinge in den Bauch zu zaubern vermochte.

Für Eric kam das alles sehr plötzlich. Gerade noch hatte er sich intensiv mit dem Problem befasst, wie die große Wohnung geteilt werden könnte und nun sollte auf einmal alles ganz anders gemacht werden? Zwar gefiel ihm die Vorstellung sehr, gleichsam eine Wohngemeinschaft mit der Frau zu begründen, die näher kennenzulernen ihn durchaus reizte, andererseits hatte er noch im Ohr, dass ihm der Notar in Hinblick auf die Vermietung der Wohnung angeraten hatte, schnellstmöglich Kontakt zu der im Haus lebenden Miterbin aufzunehmen und ihr evtl. vorgesehene Mieter vorzustellen, um ein immerhin mögliches Veto von vornherein auszuschließen.

Die Bewohnerin

Nachdem Eric seine Begleiterin in ihrer Schwärmerei für die großzügig geschnittene Beletage ausgebremst und auf den Boden der Realität zurückgeholt hatte, beschloss er, einen weiteren Versuch zu unternehmen, die Bewohnerin der unteren Räumlichkeiten aufzusuchen, um sich ihr vorzustellen und notwendigen Regeln für die gemeinsame Nutzung der Villa zu besprechen.

Folglich begab sich Eric zusammen mit Frida in die untere Etage, rief ein paar Male: „Ist jemand zu Hause, ist jemand da?", und klopfte schließlich an verschiedene Türen, ohne dass von innen eine Reaktion gekommen wäre. Schließlich fasste sich Eric ein Herz und öffnete eine der Türen einen Spalt breit. Er blickte auf einen schmalen Streifen einfallenden Lichts, den einer der abgesenkten Rollläden noch nicht abgedeckt hatte. Im Halbdunkel konnte Eric einen großen Ohrensessel ausmachen, in dem, wie es schien, eine menschliche Gestalt vornüber gebeugt hockte.

Eric forderte Frida durch eine Geste auf, näher zu kommen und ebenfalls in den Raum zu blicken. Sehen und Handeln waren für Frida eins: Sie drängte Eric beiseite, suchte und fand den Lichtschalter und eilte im trüben Schein einer 25 Watt Birne auf den Ohrensessel zu, schaute auf die starr auf den Boden gerichteten Augen einer alten Frau, rief Eric zu sich und sagte nur: „Sie ist tot, was machen wir jetzt?"

Statt einer Antwort schloss Eric die Augen der Greisin, dann blickte er um sich und entdeckte auf einem Beistelltischchen ein handschriftlich verfasstes Schreiben.

Das Schreiben

Eric nahm es an sich und staunte nicht schlecht, als er zu lesen begann und feststellte, dass das Schreiben an ihn selbst gerichtet war.

„Lieber Eric, mein guter Junge,

wenn du diesen Brief liest, werde ich nicht mehr unter den Lebenden weilen, sondern meiner geliebten Schwester Magda gefolgt sein in Hels Reich der Toten.

Du bist mir, deiner Großtante Ilse, ebenso wie deiner Großtante Magda nie begegnet und wusstest wahrscheinlich nur vom Hörensagen, dass es uns gibt. Auch wir haben leider aus verschiedenen Gründen nichts unternommen, beizeiten Kontakt zu dir aufzunehmen.

Als aber Magda von ihrem Krebsbefund erfuhr und wusste, dass sie nicht mehr lange zu leben hat, haben wir beide überlegt, wem unser irdischer Besitz nach ihrem und auch meinem Tode, den heute herbeizuführen ich mich entschlossen habe, zufallen soll.

Du bist zwar nicht in direkter Linie mit uns verwandt, sondern bist als Abkömmling hervorgegangen aus einer außerehelichen Liaison, stammst aber immerhin, wenn auch nur in moralisch degoutanter Weise, letztlich von unserem geliebten Vater Heinrich ab, dem du auch frappierend im Aussehen gleichst. Wir haben uns natürlich über einen Privatdetektiv entsprechendes Bildmaterial besorgt.

Die Detektei Schauinsland hat uns auch andere wichtige Dokumente bzw. Informationen, wie einen Auszug aus dem Melderegister, ein polizeiliches Führungszeugnis, eine Schufa-Auskunft u.a.m. verschafft, wonach wir zu der Überzeugung gelangt sind, dass du ein anständiger Mensch und guter Deutscher bist, der sich nichts zu Schulden hat kommen lassen und dass du daher würdig bist, als entfernter Verwandter unsere im gemeinsamen Besitz befindliche Villa nebst Grundstück sowie unser beider jeweiligen Vermögensbestände zu erben.

Wir haben dich außerdem als Begünstigten für die von uns abgeschlossene Lebensversicherung über je 600 Tsd. sfr bei der schweizerischen Hinterthur eingesetzt, die nach unserem Tod fällig wird.

Da die Versicherung nicht zahlt, wenn der Tod eines Versicherten als Folge eines Suizids eintritt, sind für dich zwei Dinge unbedingt zu beachten:

Erstens darf dieses Schreiben nicht in unbefugte Hände gelangen und zweitens muss nach meinem Tod sofort Dr. Frankenberger informiert werden, damit er hier vorbeikommt und den Totenschein ausfüllt.

Der Doktor ist zwar nicht mehr der Jüngste und auch etwas gebrechlich, aber absolut zuverlässig.

Er gehörte als junger Fuchs der Kameradschaft unseres Vaters an, hat gute Verbindungen sowohl zum Amtsarzt als auch zum Bestatter und weiß, was in diesem Fall zu tun ist, weil wir alles im Detail durchgesprochen haben und nur der Zeitpunkt nicht fixiert war, zu dem ich aus dem Leben scheiden würde.

Nachdem ich aber heute mit unserem Notar Bredenbeck jr. gesprochen habe und er mir von deinem Besuch in seiner Kanzlei berichtet hatte, wusste ich, dass du heute kommen würdest.

Verzeih mir bitte, wenn ich dich nicht lebend empfangen habe, sondern als Leiche, aber ich wollte eine Situation vermeiden, in der man sich gerade kennenlernt um sich fast gleichzeitig wieder zu trennen und für immer Abschied von einander zu nehmen.

Auch im Namen deiner Großtante Magda wünsche ich dir für deine weitere Lebensreise alles Gute und Odins Segen!

Wir haben dich mit der Erbschaft reich beschenkt in der Erwartung, dass du dich ihrer würdig erweist und auch in der Hoffnung, dass du nicht zu lange damit wartest, ein deutsches Mädel zu freien, um damit den Fortbestand wenigstens einer Seitenlinie unserer Familie abzusichern.

Ich grüße dich aus dem Reich der Hel. Dort werden wir uns dereinst begegnen, wenn die Nornen auch dir den Lebensfaden abgeschnitten haben werden!

In Treue

Deine Großtante Ilse

P.S.: Wende dich wegen eventuell auftauchender Probleme im Zusammenhang mit der Erbschaft getrost an unseren Freund und Kameraden, den Notar Ralf Bredenbeck jr, der unser volles Vertrauen genießt.

Emotionen

Der Abschiedsbrief seiner lebenssatten Großtante hatte bei Eric einen zwiespältigen Eindruck hinterlassen.

Einerseits tief beeindruckt von der Nonchalance, mit der sie über ihren angekündigten Tod sprach, war Eric andererseits irritiert, ja geradezu verstört über die Behauptung, er sei Abkömmling einer außerehelich gezeugten Person, wobei die Familienähnlichkeit zwischen ihm und seinem angeblichen Großvater Heinrich Ackerschott als Beweis dienen sollte.

Eric hielt diesen Teil des Schreibens für „Altweibergeschwätz", ähnlich den Verlautbarungen der Regenbogenpresse, wenn diese wieder einmal Mutmaßungen über die wirkliche Abkunft des englischen Prinzen Harry angestellt hatte.

Immerhin: Wenn diese Mutmaßungen auch fast schon die Merkmale sogenannter Verschwörungstheorien aufwiesen, so waren sie doch für Eric wichtig, denn eine verwandtschaftliche Bindung war nun einmal die Grundvoraussetzung für diese Erbschaft. Es war also klug, die Existenz verwandtschaftlicher Beziehungen nicht etwa zu negieren oder auch nur in Frage zu stellen; die Alternative hätte mit Sicherheit bedeutet, auf ein fettes Erbe verzichten zu müssen. Danach aber stand Eric nicht der Sinn!

Auf ihre Bitte hin gab Eric die wichtigsten Inhalte des Schreibens mündlich an Frida weiter, zögerte jedoch bei dem Punkt, der die Auszahlung einer Lebensversicherung betraf.

Frida, der sein Zögern nicht entgangen war, bat Eric darum, das Schreiben selbst lesen zu dürfen, weil sie, wie sie sagte, nicht alles verstanden hatte.

Damit brachte sie Eric in große Verlegenheit. Einerseits mochte und vertraute er Frida, andererseits hatte seine Großtante ihn explizit davor gewarnt, Fremden gegenüber den Suizid zu erwähnen. Spontan entschied sich Eric jedoch, es darauf ankommen zu lassen und Frida zu vertrauen und gab ihr den Brief zu lesen.

Während sie las, schaute Eric sie schräg von der Seite an und bemerkte ihren wachsenden Unmut, der sich in ihrem Gesicht widerspiegelte.

Als sie zu Ende gelesen hatte, stampfte sie mit dem Fuß auf und empörte sich: „Das ist die Sprache der Nazis, das sind genau die Worte, die Menschen benutzen, wenn sie ihre Seilschaften einrichten, um sich der Gerechtigkeit zu entziehen, um ihre üblen

Machenschaften zu verschleiern, um Andersdenkende einzuschüchtern oder ihnen sogar nach dem Leben zu trachten.

Ich kenne einige dieser Leute noch aus Argentinien, sie waren bei uns gefürchtet wegen ihrer Brutalität, mit der sie ihre Interessen durchzusetzen versuchten.

Das kleine deutsche Restaurant, das meine Großeltern sich in mühevoller Arbeit in Cordoba als ihre Existenz aufgebaut hatten, nachdem sie aus Nazideutschland hatten fliehen können, wurde insgesamt drei Mal überfallen und jeweils völlig verwüstet. Der dabei angerichtete Schaden war so groß, dass keine Versicherung mehr bereit war, noch eine Police ausstellen. Die Täter waren allesamt ehemals hochrangige Mitglieder der SS, die über eine NaziSchleuserorganisation und mit Unterstützung durch einige Angehörige der katholischen Kirche Zuflucht gefunden hatten.

Anstatt dankbar dafür zu sein, nach Kriegsende in Sicherheit vor eigener Verfolgung in Argentinien leben zu dürfen, machten sie ihren ehemaligen deutschen Mitbürgern, nur weil sie Juden waren, das Leben schwer und erkannten auch unserer Familie gleichsam die Existenzberechtigung ab.

Sie empfanden es als äußerste Provokation, dass ein Restaurant mit deutscher Küche von einem jüdischen Ehepaar betrieben wurde und setzten alles daran, dies zu verhindern.

Mit Erfolg, wie sich bald nach dem dritten Überfall herausstellte. Meine Großeltern warfen das Handtuch. Die Wiedereröffnung des Restaurants durch die ehemaligen SS-Schergen haben sie zum Glück nicht mehr miterleben müssen.

Meine Mutter Lea hat einen Argentinier geheiratet, meinen Vater. Ich bin dann irgendwann mit Unterstützung durch die jüdische Gemeinde nach Dänemark ausgewandert und habe in Kopenhagen meine Ausbildung zur MTA gemacht. In den Ferien habe ich auf einem Reiterhof in Skagen gejobbt, wo wir uns ja das erste Mal begegnet sind. Ihr habt euch damals alle gewundert, dass ich die Ruhe bewahrt habe, als die Pferde durchdrehten. Für mich war das nichts Besonderes, denn ich bin praktisch mit Pferden groß geworden. Meine Familie besaß bei Cordoba eine kleine Hazienda, in der ich mich, wenn es nur irgendwie möglich war, aufgehalten habe um zu reiten oder die Pferde zu pflegen. Durch den täglichen Umgang und die ständige Beobachtung des Verhaltens unserer Pferde wurde ich so etwas Ähnliches wie eine Pferdeflüsterin.

Aber was rede ich. Ich wollte ja nur sagen, dass ich diese ganze Mischpoke von SS-Leuten, die im Umfeld deiner Großtante ihr Kameradschafts-Unwesen treiben, zutiefst verabscheue und ich mir sogar überlege, ob ich unter diesen Umständen hier überhaupt einziehen soll."

Wie geht es weiter?

Eric hatte Fridas Gefühlsausbruch sprachlos über sich ergehen lassen. Auch ihn hatten einige Äußerungen seiner Großtante sehr befremdet, aber im Gegensatz zu Frida beabsichtigte er nicht, daraus irgendwelche Konsequenzen praktischer Natur folgen zu lassen.

Gleichzeitig wurde ihm klar, dass er um Frida würde kämpfen müssen, wenn er mit ihr zusammenleben wollte. Und das wollte Eric, wie er sich mittlerweile eingestehen musste. Die Art und Weise, wie sie die Initiative ergriffen hatte, in den abgedunkelten Raum ohne Scheu einzudringen, in dem seine Großtante gestorben war, ließen ihn an Skagen zurückdenken, wo er auch ihre Spontaneität und Entschlusskraft bewundert hatte. Auch dass sie gleich den ziemlich fragwürdigen Hintergrund der vordergründig so fürsorglichen Erbübertragung offenlegen konnte, hatte Eric imponiert.

Frida war die Frau, der gelungen war, was zahllose andere Frauen vergeblich versucht hatten, nämlich ihn nachhaltig zu beeindrucken und seine Selbstgewissheit zu durchbrechen, die ihn bislang wie ein Schutzschild umgeben hatte. Er spürte deutlich, dass auch sie ihm zugetan war, sich für ihn interessierte, und zwar nicht nur als Wohnungsbeschaffer oder als Mitbewohner in einer WG bzw. Hausgemeinschaft, sondern als engen Freund und Vertrauten, vielleicht sogar als Liebhaber oder Lebenspartner.

Durch ihre Mimik hatte Frida bereits zu verstehen gegeben, was sie generell von den Absichten seiner verstorbenen Großtante hielt, doch dann wurde sie konkret und stürzte damit Eric in ein großes Dilemma: „Ruf jetzt gleich den ärztlichen Notdienst an und melde dort einen Todesfall. Auf keinen Fall darf dieser ominöse Dr. Frankenberger hier auftauchen und wider besseres Wissen die suizidale Absicht der Tante verschweigen, nur um die Versicherung zu täuschen. Das wäre ja regelrecht Versicherungsbetrug und würde strafrechtlich verfolgt. Du bzw. jetzt auch ich würden dann da mit drinhängen; das werde ich nicht zulassen!"

Eric, der sich schon als Euromillionär gesehen hatte, würde sich nun wohl mit der Hälfte dieser Summe aus der Lebensversicherungs-Police seiner Großtante Magda, die eines natürlichen Todes gestorben war, begnügen müssen. Insgeheim ärgerte Eric sich bereits, Frida überhaupt Einblick in Tante Ilses Abschiedsbrief gegeben zu haben. Er selbst wäre wohl weniger zimperlich gewesen und hätte bei dem Schmu zu Lasten der Versicherung vermutlich mitgemacht. Angesichts von Fridas Mitwisserschaft und eindeutigen Positionierung in dieser Frage gab es aber jetzt kein Zurück mehr!

Als wäre sie schon immer hier zu Hause gewesen, bewegte sich Frida wie selbstverständlich in den Räumlichkeiten, begab sich in die Küche und kam nach einer Weile mit einer Kanne heißen Tees, ein paar Bechern und einem Teller mit Keksen zurück, während Eric auf der großen Ledercouch Platz genommen hatte, um im Angesicht seiner verstorbenen Tante alle für sie noch notwendigen Dispositionen zu treffen.

Er führte ein paar Telefongespräche, die bewirkten, dass das Ableben der Greisin und die Todesursache medizinisch festgestellt sowie amtlich registriert

wurden, so dass die Leiche dem Beerdigungsinstitut übergeben werden konnte.

Das Liebespaar

Nachdem alle Formalitäten abgeschlossen waren und der Bestatter die Verstorbene eingesargt und abgeholt hatte, breitete sich eine eigenartige Stimmung aus. Eric und Frida saßen regungslos auf der großen Ledercouch und blickten stumm und nachdenklich vor sich hin. Die Stille, die sie umgab, wurde lediglich durchbrochen von dem monotonen Ticken einer altertümlichen Standuhr, in deren Kopf ein Schauglas eingelassen war, das zu der Inschrift „Memento mori" ein menschliches Skelett mit einer Sanduhr zeigte.

Eric und Frida fühlten sich verloren in dem großen Haus, in dem sie sich nunmehr allein aufhielten. In dieser Situation bedurften beide der Nähe des anderen. Sie spürten sehr deutlich die gegenseitige Sympathie und auch die starke Anziehung, die sie auf einander ausübten. Wie auf ein geheimes Zeichen fielen sie sich in die Arme, küssten und liebkosten sie sich. Überwältigt von der Intensität ihrer Gefühle flüsterten sie sich Liebesschwüre zu, während sie in einem Taumel der Lust und Begierde ihre Kleidung abstreiften und zueinander fanden.

Vom Rausch der sexuellen Vereinigung erschöpft, sanken beide auf der Ledercouch zusammen, durchdrungen von einem diffusen Glücksgefühl, dessen Grundlage die gemeinsame Erfahrung einer aufkeimenden Liebesbeziehung war. Sie ließ in Frida und Eric das Bedürfnis entstehen und den Entschluss reifen, künftig als Paar zu leben und für einander da zu sein. Zunächst aber waren ihre Bedürfnisse sehr konkreter Natur: Nach dem Sex hatte sich bei beiden ein starkes Hungergefühl bemerkbar gemacht und Eric und Frida dazu bewogen, auf die Suche nach etwas Essbarem zu gehen.

Der Grundbuchauszug

Bei ihrer Suche in den Sachen von Erics Tante hatte Frida in der Schublade einer Kommode eine Reihe von Ordnern entdeckt, in denen sich verschiedene Dokumente zum Haus, u.a. ein Auszug aus dem Grundbuch befanden.

Voller Interesse las sie die verschiedenen Register-Eintragungen, die nicht nur Hinweise auf Lage und Größe des Grundstücks enthielten, sondern auch

etwas so Spezielles wie ein Weiderecht auf einer Gemeindewiese.

Plötzlich stutzte sie: In Abteilung 1 war mit Datum vom 2.12.1938 eine Eigentumsübertragung vermerkt.

Der Eintrag auf dem schon leicht vergilbten Papier in verblasster Schreibmaschinenschrift war schwer lesbar. Aber er elektrisierte Frida, waren doch ihr Großeltern Levi und Sarah Rosenblüth zu je 25 % als vormalige Eigentümer der Immobilie und zusätzlich als Inhaber von Nutzungsrechten von 2,8 ha Weideland im Gemeindebesitz eingetragen.

Für die restlichen 50 % zeichnete die Surland Sauerkrautfabrik, eine GmbH, als weiterer Eigentümer der Immobilie.

Als Beruf war für Levi Rosenblüth „Inhaber und Geschäftsführer der Surland GmbH" angegeben.

Die Villa am Grafenhang war also offenbar die Dienstwohnung des Chefs der ortsansässigen Sauerkrautfabrik gewesen.

Neuer alleiniger Eigentümer wurde laut Grundbuchauszug Heinrich Ackerschott, für den als Beruf Schichtleiter bei der Surland GmbH eingetragen war.

Frida konnte nicht fassen, was sie gerade in dem Grundbuchauszug gelesen hatte. Immer wieder schaute sie auf den Namen ihrer Großeltern ohne zunächst zu begreifen, welche Bedeutung diese Eintragung möglicherweise zukünftig einmal für sie selbst haben könnte.

Eine Vermutung

Eric, den Frida aufgeregt zu sich gerufen hatte, überwältigt von den ihre Herkunftsfamilie betreffenden Informationen, war imstande, bereits nach wenigen Augenblicken eine Einschätzung der erfolgten Eigentumsübertragung vorzunehmen, die er lapidar mit dem Begriff „Arisierung" kennzeichnete.

„Wahrscheinlich ist dieses Haus hier für ˋnen Appel und ˋn Ei von den jüdischen Eigentümern an irgendwelche strammen Parteigänger der NSDAP verscherbelt worden, ganz legal. In Wirklichkeit lag diesem der äußeren Form nach legalen Deal aber ein Akt von Erpressung zugrunde nach der Devise: Ihr gebt uns euer Haus zu einem Preis, den wir festlegen, dafür legen wir euch keine Steine in den Weg, wenn ihr unser Land verlassen wollt. Nach diesem Muster ist seinerzeit vielfach gehandelt worden. Um den Schein einer rechtstaatlichen Verfahrensweise zu wahren und Eigentumsübertragungen gerichtsfest zu machen hat man zu diesem

Zeitpunkt „jüdisches" Vermögen noch nicht einfach enteignet, sondern an sich gebracht, indem man zuerst eine Notlage schaffte und diese dann schamlos ausnutzte. Ein durch und durch perfides Verfahren, das, wie ich jetzt feststelle, vermutlich unter Beteiligung von entfernten Verwandten in Gang gesetzt wurde und von dem meine Familie wahrscheinlich tüchtig profitiert hat, denn wie sonst hätte ein Schichtleiter in einem mittelständischen Betrieb sich so eine große Villa leisten können? Frida, schau doch bitte einmal in der Hausdokumentenmappe nach, ob sich da noch andere Überraschungen finden lassen.

Ich wüsste z. B. gerne, zu welchem Preis diese Villa damals über den Tisch gegangen ist."

Der versiegelte Brief

Trotz intensiver Suche blieb dieses Aktenstück unauffindbar; stattdessen tauchte ein nur mit dem Namen „Emma" geheimnisvoll beschrifteter und auf seiner Rückseite rot versiegelter Brief auf, der, wie die Lektüre zeigte, eine seltsame Vereinbarung enthielt, die von drei Personen unterschrieben und anschließend notariell beglaubigt war.

In gestochen scharfer Sütterlinschrift wurde in dem Schriftstück über einen Konsens der drei Unterzeichneten in folgenden Punkten berichtet:

1. Das Kind Emma ist die Leibesfrucht eines außerehelichen Beischlafs des Heinrich Ackerschott mit der Sarah Rosenblüth.
2. Zeitgleich mit der Niederkunft der Sarah Rosenblüth hat die Elfriede Saathoff, Ehefrau des August Saathoff, einen Knaben entbunden, der bei seiner Geburt so stark geschädigt wurde, dass er trotz medizinischer Hilfe durch Dr. Frankenberger noch im Wochenbett verstarb.
3. Unter Umgehung einer förmlichen Adoption wird das Mädchen Emma von den Pflegeeltern August und Elfriede Saathoff vom Tag ihrer Geburt an als ihr leibliches Kind angenommen, christlich getauft und erzogen.
4. Der totgeborene Knabe wird als Kind des Ehepaars Levi und Sarah Rosenblüth angesehen und nach jüdischem Ritus bestattet.
5. Das Ehepaar Rosenblüth verlässt Deutschland. Ihre Anteile an der Firma Surland übertragen Levi und Sarah Rosenblüth je zur Hälfte an Heinrich Ackerschott und August Saathoff.
6. Levi Rosenblüth verkauft seine Villa für 60 Tsd. Reichsmark an Heinrich Ackerschott.

Dieser übereignet August Saathoff im Wege der Schenkung sein Eigenheim.

7. Unbeschadet einer Ausübung der elterlichen Gewalt gegenüber Emma, die unbestritten ausschließlich bei August Saathoff liegt, verpflichten sich Heinrich Ackerschott und Levi Rosenblüth im Fall des Notbedarfs von Emma zu materieller Hilfe, sowie generell auch zu moralischer und erzieherischer Unterstützung.

8. Die Unterzeichneten bedanken sich bei Dr. Frankenberger für seine ärztlichen Bemühungen, sowie bei Rechtsanwalt und Notar Klaus Bredenbeck für seinen juristischen Rat und seine Vermittlung in den anfänglichen Streitigkeiten. In Ergänzung der Schweigepflichten von Arzt und Notar sichern sich die drei Unterzeichneten gegenseitig volle Verschwiegenheit zu bezüglich aller die Emma Saathoff betreffenden Angelegenheiten.

Levi Rosenblüth, Inhaber und Geschäftsführer der Surland GmbH

Heinrich Ackerschott, Schichtleiter bei der Surland GmbH

August Saathoff, Maschinenführer bei der Surland GmbH

Escherode, den 30.November 1938

Nach Vorhaltung der Rechtslage und juristischer Beratung beglaubigt:

RA und Notar Klaus Bredenbeck

Neue Erkenntnisse

„Das sind ja vielleicht Neuigkeiten, darauf wäre ich selbst im Traum nicht gekommen", ließ sich Eric mit einem Seufzer vernehmen.

„Und deine Tanten haben gar nicht mal so falsch gelegen," ergänzte Frida.

„Wenn ich das Schreiben richtig verstanden habe", antwortete Eric,"ist meine Mutter Emma in Wirklichkeit nicht die Tochter der Eheleute Saathoff, sondern entstammt einer Verbindung zwischen deiner Großmutter Sarah Rosenblüth und meinem Großvater Heinrich Ackerschott, der zudem Vater meiner Erbtanten Magda und Ilse ist. Das bedeutet: Wir beide, du und ich, sind über unsere gemeinsame Großmutter Sarah Rosenblüth miteinander verwandt.

Das müssen wir erst einmal sacken lassen und verdauen! Lass uns mal schauen, ob es irgendwas zu trinken gibt, mit dem wir diese Nachricht begießen können."

Nach kurzer Suche wurden beide fündig. Frida fand im Kühlschrank zwei Pikkolo und Eric stattete der Hausbar einen Besuch ab und kam mit einer Flasche Portwein zurück, aus der er großzügig ausschenkte, um danach weiterhin die entstandene Situation zu kommentieren.

Viele Fragen

„Fakt ist: Nur wir kennen jetzt das Familiengeheimnis, nur wir wissen, was unsere Altvorderen, aus welchen Gründen auch immer, gewollt haben. Ich finde, wir sollten das respektieren und deren Entscheidungen nicht mehr in Zweifel ziehen oder gar zu revidieren suchen.

Eine Sache würde mich jedoch wirklich interessieren. Das ist die Rolle, die Levi Rosenblüth, dein Großvater, in der ganzen Angelegenheit spielte.

Schließlich hat ihm seine Ehefrau mit ihrem Seitensprung „Hörner aufgesetzt." Nach landläufiger Ansicht war das damals eine schwere und für einen Ehemann kaum hinnehmbare Verletzung männlichen Ehrgefühls."

Frida bezweifelte, dass dies heutzutage anders sei, der Machismo lateinamerikanischer Provenienz würde immer noch genau so ticken. Daraus entspann sich zwischen Eric und Frida eine allgemeine Diskussion über den säkularen Wandel von Geschlechterbeziehungen, in der sie beide ein hohes Maß an Übereinstimmung in ihren Sichtweisen feststellten, was sie beide wohlgefällig registrierten, weil sie spürten, dass sie ähnlich dachten und dass sie damit das Fundament für eine tragfähige und dauerhafte Beziehung für sich als Paar legten.

Hatte zunächst Eric ein besonderes Interesse an Levi Rosenblüth gezeigt, so nahm jetzt Frida den Faden wieder auf, schließlich ging es ja um ihren Großvater. Zusammen mit Eric ging sie der Frage nach, wie Levi auf den folgenreichen Ehebruch seiner Frau hätte reagieren können. Übereinstimmend fanden sie dazu u.a. Optionen wie:

Seine Frau verstoßen, sich einvernehmlich trennen, die Scheidung einreichen, auf einer Abtreibung bestehen oder auch einfach gar keine weiteren Schritte unternehmen und nach der Rechtslage akzeptieren, dass ein Kind, welches innerhalb einer bestehenden Ehe geboren wird, als ehelich anzusehen ist. Erstaunlich blieb jedoch, dass nichts von alledem geschehen war!

Diese Feststellung führte zu neuen Fragen bzw. Hypothesen:

Gab es vielleicht eine Menage à Trois, eventuell mit Levi als treibender Kraft, der die eigene Ehefrau seinem Schichtleiter gleichsam ins Bett legt und dann, als ein Kind gezeugt wird, dafür sorgt, dass dieses Kind gut versorgt wird und zwar von dem autoritätshörigen und willfährigen Maschinenführer August Saathoff, der ihm, dem Firmenchef, untersteht?

Oder handelte es sich um eine echte Liebesbeziehung zwischen den drei Akteuren, evtl. mit einem homoerotischen Einschlag?

Es könnte auch ein für sich genommen bedeutungsloser One-Night-Stand gewesen sein, mit allerdings gravierenden Folgen.

Möglich wäre auch ein Akt der Demütigung, mit dem die ungetreue Ehefrau sich für erlittene Kränkungen durch ihren Mann rächen wollte.

Gab es gar ein eheliches Arrangement, aus dem beide Ehepartner lustvolle Befriedigung ihrer erotischen Phantasien bezogen?

Nicht auszuschließen wäre allerdings auch ein politisch-ideologischer Hintergrund mit zwei möglichen Szenarien:

Aus dem Hochgefühl rassischen Überlegenheitswahns und einer Blockwartsmentalität heraus vergewaltigt der stramme Nazi und Schichtleiter Ackerschott die jüdische Ehefrau seines jüdischen Chefs.

Schließlich gibt es auch die Variante, dass sich Sarah Rosenblüth „freiwillig" hingegeben hat, um dadurch sich und ihren Ehemann vor Verfolgung zu schützen.

Die Furcht davor, dass nach der Geburt von Emma die Umstände der sexuellen Beziehung ruchbar werden könnten und dass möglicherweise eine Anklage wegen „Rassenschande" folgen könnte, war u.a. der Anlass für die Abfassung der vertraglichen Vereinbarungen.

Eric und Frida gelangten zu der Einsicht, dass es ihnen kaum gelingen würde, die Motive der wesentlichen Akteure zu erforschen und damit Licht in dieses im Dunkel liegende Kapitel ihrer jeweiligen Familiengeschichte zu bringen.

Selbst Erics bisherige und ziemlich plausibel klingende Vermutung, das Vermögen der Rosenblüths sei schlicht „arisiert" worden, müsse nun nach der Darstellung der Fakten in dem versiegelten Brief neu bewertet bzw. sogar mit einem großen Fragezeichen versehen werden.

Epilog

Die Lebenssituation von Emma, die in der „falschen" Familie so viel Bitternis ertragen musste, war häufiges Gesprächsthema zwischen Eric und Frida. Einmal hatten die beiden kurz daran gedacht, sie könnten Emma Gerechtigkeit widerfahren lassen, wenn sie über eine DNA-Analyse Emmas Identität als weiblicher Abkömmling von Heinrich Ackerschott und Sarah Rosenblüth zweifelsfrei feststellen ließen.

Eric und Frida hatten sich sogar schon ausgemalt, wie es wäre, die Inschrift auf Emmas Grabstein umzuändern von Emma Saathoff zu Emma Ackerschott-Rosenblüth, dann aber doch Abstand davon genommen, weil sie den gewaltigen Aufwand scheuten, der mit der Umsetzung dieser beiden Vorhaben verbunden gewesen wäre.

Schließlich aber sorgte bei Frida ein plötzlich auftretender, aber unabweisbarer Appetit auf holländische Matjes für einen Themenwechsel:

Eric und Frida waren sich sofort einig darüber, dass die Kleine „Emma" heißen würde, denn dass sie ein Mädchen erwarten könnten, hatte ihnen der superpräzise 3-D-Scanner von Fridas Gynäkologin bereits offenbart.

Wenige Tage danach fanden sich Eric und Frida zur Unterschrift unter eine Schenkungsurkunde bei RA und Notar Bredenbeck jr. ein. Nachdem Eric die Schenkungsurkunde über die Eigentumsübertragung für eine Hälfte der Villa am Grafenhang an seine Frau unterzeichnet hatte, nahm der Notar das Dokument und legte es vor Frida auf den Tisch und forderte sie auf: „Wenn sie bitte dort an der gestrichelten Linie unterschreiben wollen, Frau Saathoff."

Als sie ihre Unterschrift geleistet hatte, sagte er noch zu dem Paar: „Ich habe übrigens gute Nachrichten für Sie. Die ihnen im Grundbuch attestierte Weidenutzung auf einer Fläche von 2,8 ha Gemeindeland steht auch heute noch außer Frage. Aber es kommt noch besser: Aus Gründen einer erwünschten Intensivierung der touristischen Infrastruktur begrüßt der Stadtrat ausdrücklich ihre geplante Reitanlage, die *„Emmazienda"*, und stellt bei einem aussagekräftigen Businessplan, den sie noch nachreichen können, für das Projekt eine 5-jährige Subventionierung durch die Stadt Escherode in Aussicht. Ein Letztes noch", mit diesen Worten wandte sich der Notar an Eric, „ich habe hier aus dem Notariat meines verstorbenen Vaters noch einen versiegelten Brief mit dem Vermerk „Auszuhändigen an Frau Emma Saathoff". Aus mir nicht bekannten

Gründen ist dieser Brief nie der Adressatin ausgehändigt worden. Ich hole dies hiermit nach und übergebe den Brief jetzt zu meiner Entlastung an Sie als ihren Sohn. Es ist von nun an Ihre Entscheidung, was mit diesem Brief geschieht."

Noch in der Kanzlei ließ Eric sich einen Brieföffner geben, schlitzte damit sorgfältig den Umschlag auf, entnahm ihm das mit gerade ausgerichteten Sütterlinbuchstaben geschriebene und von drei männlichen Personen verfasste Dokument.

Eric überflog das Schriftstück und sagte zum Erstaunen des Notars nur: „Das kennen wir schon......"

Verwirrt

Es war eine mondhelle Nacht. Draußen tobte ein Sturm ums Haus mit kräftigen Böen, die flüchtige Wolkenfetzen vor sich hertrieben und unvermittelt das fahle Mondlicht verdunkelten. Immer wenn ein Windstoß das Haus traf und aufheulend in den Schornstein hineinfuhr, stoben im Kamin die Funken aus den glimmenden Holzscheiten und erleuchteten für einen kurzen Moment die Wohnstube. Plötzlich war da ein Geräusch....

Martha, die in dem großen Ohrensessel, der sich vor dem Kamin befand, vor sich hingedöst hatte, schrak auf. Sie hatte doch etwas gehört, oder?

Sie fühlte sich unsicher: War sie eingeschlafen, hatte sie geträumt oder war es nur der Wind, der sie genarrt hatte. Aber nein! Jetzt hörte sie es wieder! Ein Winseln, kläglich wie von einem jungen Hund, oder klang das Geräusch nicht doch eher nach dem Weinen eines Babys? Nur, wo sollte denn hier ein Baby herkommen? Martha war ganz verwirrt. „Ich fange schon an zu phantasieren", dachte sie, ganz

so, wie ihr verstorbener Mann Otto sie oft scherzhaft aufgezogen hatte: „Du büst 'ne olle Spökenkie-
kersche."

In letzter Zeit hatte sie schon öfters einmal bemerkt,
dass sie ihren Sinnen nicht mehr so richtig vertrauen durfte. „Das Alter!", hatte sie dann geseufzt
und im Stillen gehofft, dass ihre Vergesslichkeit
und Schusseligkeit nicht noch schlimmer werden
würden, so dass sie schließlich nicht mehr allein in
ihrem Haus würde leben können und man sie in ein
Heim bringen würde. Das wäre das Letzte, was sie
wollte! Sie nahm ihr Strickzeug wieder auf, das ihr
entfallen war, als sie ihre Augen geschlossen hatte,
um sich ein wenig wegzuträumen und sich lieber
schönen Erinnerungen zu überlassen.

Aber da war doch schon wieder dieses Geräusch,
sie täuschte sich doch nicht! Jetzt wollte sie wach
sein, das Reich der Phantasie verlassen und wieder
in der Wirklichkeit ankommen. Sie griff nach dem
Kippschalter an der Stehlampe neben sich. Für einen kurzen Moment war sie geblendet, doch dann
war alles um sie herum wieder in das warme gelbe
Licht getaucht, das ihre viktorianischen Mahagoni-
Möbel so schön zur Geltung brachte.

Martha genoss immer diesen Blick um sich herum.
War es nicht ein Glück, dass Otto und sie dieses alte

Haus gefunden und gemeinsam zu ihrem Heim gemacht hatten.

So viele Erinnerungen steckten darin, wenngleich leider auch unerfüllte Erwartungen. Sie hatten ihr Haus auf „Zuwachs" gekauft, wie man damals sagte. Nie hatten sie es wirklich ausgesprochen, aber die Erwartung, dass sie einst eine „richtige" Familie sein würden, hatte sie stets begleitet, ihrem Zusammensein jedoch eine zunehmend bittere Note verliehen, als sie mit der Zeit beide erkennen mussten, dass der ersehnte Nachwuchs wohl ausbleiben würde.

Dennoch dachte Martha liebevoll an ihren verstorbenen Mann. Otto hatte sich nie beklagt, sondern die Tatsache, dass sie beide als kinderloses Ehepaar alt werden würden, mit der ihm eigenen stoischen Gelassenheit gleichsam als Schicksal akzeptiert. Martha hatte mehr unter ihrer Kinderlosigkeit gelitten. An manchen Tagen fühlte sie sich so leer und nutzlos, als hätte sie irgendwie versagt. Dann stürzte sie sich ganz verzweifelt, wie es schien, auf die Hauswirtschaft. Unablässig räumte und putzte sie, kochte, strickte und nähte, fegte die Straße vor ihrem Haus, zupfte Unkraut auf ihrer Terrasse und war noch mit vielen anderen Verrichtungen beschäftigt, aber selten hatte sie das Gefühl gehabt, es sei nun genug der Plackerei gewesen.

In ihrem Garten fand sie schließlich ihre Lebens<u>auf</u>gabe im doppelten Sinne dieses Wortes: Sie rackerte sich darin ab, sie gab den Pflanzen ihre ganze Liebe, erwarb sich einen „grünen Daumen", aber sie gab auch ihren Lebenstraum auf, ein Leben in und mit einer Familie, ein Leben mit Kindern. Otto merkte von alledem nichts oder ließ sich vielleicht auch einfach nichts anmerken, bei ihm wusste man so etwas nie ganz genau. Aber er war für Martha dennoch wichtig, als Ansprechpartner, als Gegenüber, als Bewunderer, aber auch als stummer Kritiker, dessen Miene Martha manches Mal Rätsel aufgab, ob etwas vielleicht nicht ganz im Lot war. Dennoch, Otto vermittelte ihr Geborgenheit und eine Sicherheit, die ganz tief gründete.

Manchmal, wie auch jetzt, fehlte er ihr so sehr, dass es fast wehtat, aber Martha wollte sich nicht weiterhin solch trüben Gedanken hingeben. „Hier und jetzt" hieß für sie die Devise, als sie entschlossen damit begann, an dem roten Wollschal weiterzustricken, den sie für ihre 13-jährige Nichte Simone fertigstellen wollte, die für ein paar Tage bei ihr logierte. Als sie gerade eine neue Maschenreihe aufgenommen hatte, hörte Martha wieder etwas.

Der Wind war abgeflaut, so dass die Geräusche aus dem Hausinneren nicht mehr von den Außengeräuschen überdeckt wurden. Was sie jetzt wahrnahm, hörte sich eindeutig nach dem Geschrei eines Babys an, das stoßweise seinem Unmut Luft macht. Und: Das Babygeschrei kam von der oberen Etage ihres Hauses. Martha war jetzt hellwach. Aufmerksam registrierte sie, dass die Häufigkeit der Gluckser und schrillen Töne wie auch deren Heftigkeit ständig zunahm. Wie nur um alles in der Welt kam ein schreiendes Baby in ihr Haus, fragte sich Martha. Sollte ihre Nichte Simone etwa...?

Schnell verbannte sie diesen schrecklichen Gedanken und aufkommenden Verdacht aus ihrem Bewusstsein. Simone war doch erst dreizehn und außerdem, da hätte sie doch vorgestern bei Simones Ankunft etwas merken müssen. Andererseits, man las ja immer wieder von Teenagerschwangerschaften und davon, dass keiner etwas gemerkt hatte, selbst die eigenen Mütter nicht, bis es schließlich so weit war und die Katastrophe ihren Lauf nahm. Kinder, die Kinder bekamen und dann nicht wussten, wohin damit und die schließlich in ihrer Not ihr Neugeborenes in einer Babyklappe „entsorgten".

Martha mochte gar nicht weiter darüber nachdenken. Sie verwarf die Vorstellung, dass Simone in ihrem Haus ein Kind entbunden haben könnte. Das konnte, nein, das durfte einfach nicht sein!

Wenn Martha an ihre Nichte dachte, wurde ihr ganz warm ums Herz. Simone hatte es nicht im Geringsten verdient, dass man sie in einer solchen Weise verdächtigte. Im Gegenteil: In der kurzen Zeit, die sie nun bei ihr im Haus zu Besuch war, hatte Martha ihre Nichte wegen ihrer fröhlichen und offenen Art schätzen gelernt und wenn Simone in anderen Umständen gewesen wäre, hätte sie sich ihrer Tante ganz gewiss anvertraut, da war sich Martha sicher.

Woher aber stammte dann das Babygeschrei, das jetzt in immer höherer Tonlage und nunmehr nervtötender Lautstärke aus dem Obergeschoss zu ihr herunterdrang?

Sollte sich etwa eine fremde Person, die Kindsmutter oder vielleicht auch der Kindsvater (wer konnte das heutzutage schon so genau wissen), in der Absicht in ihr Haus geschlichen haben, dort ihr Neugeborenes als Findelkind abzulegen, in der Hoffnung, es wohlmeinenden Menschen zu überantworten?

Aufgrund ihrer eigenen Schläfrigkeit oder aber der lauten Windgeräusche des Unwetters hatte sie möglicherweise von alledem nichts mitbekommen und nun beherbergte sie vielleicht ein fremdes Baby im Haus, um das sich jetzt jemand kümmern musste. Im Zweifel sie, Martha! Nicht ausgeschlossen aber auch, dass die Mutter des neugeborenen Kindes sich noch im Haus aufhielt, vielleicht geschwächt von der Niederkunft und hilfsbedürftig...

Martha war unsicher, was sie in dieser Lage unternehmen sollte, und wie immer in Situationen, in denen sie verwirrt war, versteifte sich ihr Körper und machte sie erst recht handlungsunfähig. Wäre doch bloß Otto bei ihr; gerade jetzt vermisste sie ihn wieder so sehr. Aus ihrer Erstarrung löste sie sich erst, als sie hörte, wie an der Haustür ein Schlüssel ins Schloss gesteckt wurde. Simone? Martha bemerkte, wie ihre Nichte zur Tür hereinkam, einen Moment lang stutzte und dann mit Riesenschritten polternd die Treppe ins Obergeschoss hinaufrannte. Nun war Martha vollends irritiert.

Was sollte Simones Verhalten bloß bedeuten? Was ging hier eigentlich vor? Endlich war Martha imstande, einen Entschluss zu fassen: Sie riss sich zusammen und stieg ebenfalls die Treppe zum Obergeschoss hoch. Was sie dort in Simones Zimmer zu sehen bekam, machte sie sprachlos. Ihre Nichte saß auf ihrem Bett im dunklen Zimmer, das nur durch das schwach hereinfallende Flurlicht ein wenig erleuchtet wurde und hatte tatsächlich ein Baby im Arm, dem sie ein Fläschchen gab. Der Säugling war mittlerweile zur Ruhe gekommen.

Als sich Martha von dem Schock erholt hatte, den die völlig unerwartete Situation in ihr ausgelöst hatte, blickte sie Simone streng an und sagte: „Was bedeutet das, Simone? Wie kommt dieses Kind in mein Haus?"

„Tante, entschuldige bitte, dass ich Lisa ganz vergessen hatte. Ich war noch mit ein paar Mädels aus meinem Kurs unterwegs und hab nicht mehr daran gedacht, dass Lisa ja Hunger haben muss. Aber jetzt ist ja alles wieder gut." „Nichts ist gut, Simone. Ich habe nicht gewusst, was hier vor sich geht, ob sich eventuell fremde Menschen eingeschlichen haben, die mein Haus als Babyklappe missbrauchen wollen. Ich habe mich gefürchtet, als ich das Babygeschrei hörte und nicht wusste, ob da oben in meinem Haus vielleicht eine junge Frau oder sogar eine Minderjährige ihr Kind zur Welt bringt, ja ich habe sogar daran gedacht, dass du selbst...." Martha stockte und hielt sich reflexhaft ihren Mund zu.

Simone starrte ihre Tante zunächst ungläubig an, doch dann brach es prustend aus ihr heraus: „Im Ernst, Tantchen, ich fasse es nicht, du hast tatsächlich geglaubt, dass ich.... dass Lisa mein eigenes Kind ist, das ich hier bei dir zur Welt gebracht habe? Aber Tante, du musst dich doch daran erinnern, dass ich dir gestern das Baby Lisa gezeigt habe, als ich es vom Kurs mit nach Hause gebracht habe.

Hast du denn ganz vergessen, dass ich nur bei dir wohne, um an dem Volkshochschul-Kursus „Babybedenkzeit" teilzunehmen, der hier mit lebensechten Babypuppen durchgeführt wird. Mama wollte doch unbedingt, dass ich als Jugendliche mal die Erfahrung machen soll, wie es wirklich ist, für ein Baby zu jeder Minute des Tages verantwortlich zu sein. Und weil solch ein Kurs bei uns nicht angeboten wird, hat sie mich zu dir geschickt."

Verwirrt senkte Martha den Kopf. Sie hatte das Gefühl, dass sich der Boden vor ihr auftat. Sie war sich der Dinge um sie herum einfach nicht mehr sicher. Ganz weit hinten dämmerte ihr, dass sie dieses Baby womöglich doch schon einmal gesehen hatte. Aber es schien ihr völlig entglitten zu sein und sie hatte sich in der Situation mit den unklaren Geräuschen nicht mehr daran erinnern können.

Nun war Martha panisch bemüht ihre Fehlleistung vor Simone irgendwie zu überspielen und deshalb schaltete sie rasch um und versuchte das Thema in eine neue Bahn zu lenken. „Erzähl mir doch einfach mal etwas über dein Baby. Wie hast du es so schnell beruhigen können, es hatte doch wirklich arg geschrien, bevor du nach Hause gekommen bist."
„Kein Problem, Tante! Dann erkläre ich es dir eben noch einmal. Die Säuglingssimulatoren wie die Ba-

bypuppen der Firma RealCareBaby in der Fachsprache genannt werden, sind richtige Hightec-Wesen, Puppen, die täuschend echt wie richtige Babys aussehen und sich auch so verhalten. Sie haben Bedürfnisse wie ein echtes Baby, schreien, wenn sie Hunger haben oder auch, wenn sie gewindelt werden wollen. Es gibt sie in unterschiedlichen Hauttönen oder auch mit asiatischen Gesichtszügen. Meine Lisa ist ein europäisches Mädchen. Sie ist allerdings so programmiert, dass sie besonders viel Aufmerksamkeit einfordert. Wenn Lisa weint, kann sie nur durch Füttern mit der Flasche oder durch Herumtragen besänftigt werden. Ich bin als ihre Bezugsperson durch dieses grüne Bändchen, das ich an meinem Handgelenk trage, mit dem elektronischen Speicherchip von Lisa verbunden. Deswegen kann auch nur <u>ich</u> Lisa beruhigen, kannst du mir folgen, Tantchen?"

„Ich bin doch nicht von gestern, Simone, das musst du nicht von mir denken, aber um die ganzen technischen Dinge hat sich immer dein Onkel Otto gekümmert. So viel habe ich aber verstanden: Das Baby ist in Wirklichkeit eine Roboterpuppe, oder so ähnlich?"

„Genau, Tante Martha, und am Ende der Babybedenkzeit beginnt die Auswertung, dann zeigt sich, wie lange Lisa geweint hat, ob sie richtig getragen, bzw. regelmäßig gefüttert oder gewindelt wurde. Alle diese Daten sind gespeichert und zeigen, ob ich für Lisa eine gute Mutter war. Ich hoffe, dass ich heute noch rechtzeitig gekommen bin und Lisa nicht zu lange hat weinen müssen und dass ich übermorgen nach Ende des Kurses eine gute Note auf meinem Zertifikat als gute Mutter bekomme. Du kannst übrigens gerne zur Zeugnisverleihung mitkommen, sozusagen als Lisas Großtante. Ich weiß allerdings nicht, ob ich Lisa mit einem eigenen Kind in der Wirklichkeit tauschen möchte, es ist halt doch ganz schön stressig, ständig auf Abruf für ein Kind da zu sein, auch nachts, wenn man total müde ist oder wenn man einfach mal mit seinen Freunden abhängen möchte. Lisa hat mich ganz schön geschafft! Vier Tage sind für eine solche Erfahrung mehr als genug."

Staunend, als hörte sie es zum ersten Mal, hatte Martha den Erklärungen ihrer Nichte zugehört. Das hörte sich alles so phantastisch an, dass sie kaum glauben konnte, was sie da gerade vernommen hatte. Wenn doch nur Otto jetzt an ihrer Seite wäre und sie seine Hand drücken könnte... Sie schaute auf Simone, die Lisa jetzt zärtlich im Arm hielt und leicht hin und her wiegte, ein schönes Bild voller Harmonie und Innigkeit.

In Martha erwachte der alte Wunsch, auch einmal so ein Kind wie Lisa im Arm halten zu können. Und es formte sich ein Gedanke: Sie könnte sich doch ebenfalls bei einem der Kurse anmelden und dann auch das grüne Berechtigungsbändchen erwerben.

Aber vorher musste sie noch den Schal für Simone fertigstricken.

Der allerdings würde nicht grün, sondern leuchtend rot sein.

Wenn Engel (mit)reisen....

Prolog

„Leise schnieselt das Reh..."

Natürlich war es wieder einmal Gunter, der in seiner schnoddrigen und respektlosen Art den Anfang des bekannten Weihnachts- und Winterliedes verballhornte und auf diese Weise, neben anderen weihnachtskritischen Äußerungen, dazu beitrug, dass sich bei seiner Freundin Carla jene adventliche Stimmung, die sie so sehr liebte und die sie auch in diesem Jahr wieder sehnsüchtig erwartete, partout nicht einstellen wollte.

Carla konnte nur mühsam über diese Art von Wortspielerei lachen, die wohl witzig sein mochte, aber bei ihr nur einen schalen Eindruck hinterließ, weil sie jetzt, wo Weihnachten kurz vor der Tür stand, die einzigartige vorweihnachtliche Stimmung voll auskosten wollte.

Und dazu gehörten für sie nun mal, wenn das Weihnachtsglück vollkommen sein sollte, zusätzlich zum Lichterglanz, dem Klang von Glocken und

Posaunenchören, dem Duft von Bratäpfeln und Glühwein, auch der leise rieselnde Schnee.

Die Meteorologen hatten mit ihrer Prognose zu Carlas großer Freude und Erleichterung diesmal recht behalten: Es schneite ununterbrochen und Wallenhorst versank fast im Schnee.

Sie hatten heute nach Amsterdam fahren wollen, aber das kam jetzt aufgrund der Witterungsverhältnisse ja wohl kaum noch infrage, insbesondere dann nicht, wenn 260 km noch nicht vom Schnee geräumter Straßen vor einem liegen und die Profiltiefe der Sommerreifen deutlich zu wünschen lässt.

Jetzt loszufahren, mitten in die Wolken wirbelnder Schneekristalle hinein, war der blanke Wahnsinn, war anstrengend und total ermüdend, erst recht bei einsetzender Dunkelheit, wenn der Lichtstrahl der Scheinwerfer Mühe hatte, noch die Konturen der Fahrbahnbegrenzung abzutasten.

Carla wusste das alles nur zu gut. Sie erinnerte sich an mehrere solcher „Höllenfahrten", bei denen sie tausend Tode gestorben war, immer in der Furcht, im Straßengraben zu landen oder sonst wie zu Schaden zu kommen. Sie wusste aber auch, dass ihr Freund Gunter fest entschlossen war, heute nach Amsterdam zu fahren und dass ihn höchstwahrscheinlich auch die widrigen Wetterbedingungen nicht abschrecken würden, die Reise anzutreten. Im Gegenteil, Gunter würde es als eine Herausforderung ansehen!

Um aus der Amsterdam-Nummer fürs Erste herauszukommen, sah Carla nur einen Weg: Migräne. Diese Notlüge hatte sie schon bei früheren Anlässen mit Erfolg angewendet, und auch dieses Mal würde ihre Simulation so überzeugend sein, dass zwar Gunters Stimmung in Richtung „eiskalt" abrutschen würde, dass dafür aber heute eine Autofahrt nach Amsterdam nicht mehr in Frage käme. Carla hatte richtig spekuliert. Gunter zog sich schmollend aus dem gemeinsamen Wohnzimmer ihrer Zweier-WG in sein eigenes Zimmer zurück, war offensichtlich stinksauer und zeigte keine Bereitschaft, sich zu ihr zu setzen, als er einmal sein Zimmer verlassen hatte, um sich etwas zu trinken zu holen.

Obwohl Carla erreicht hatte, was sie wollte, begann sie nun auch selbst unter dem von ihr initiierten Stimmungsumschwung zu leiden. Die Amsterdam-Fahrt konnten sie sich wohl abschminken. Um die dicke Luft aufzulösen, die zurzeit bei ihnen herrschte, hätte es schon eines reinigenden Gewitters bedurft. Und um das zu bekommen, hätten sie beide überhaupt erst einmal bereit sein müssen, miteinander zu reden.

Eine solche Bereitschaft fehlte allerdings seit einiger Zeit völlig: „Dann eben nicht!", so lauteten aus einer trotzigen, aber gleichzeitig auch resignativen Haltung heraus die Handlungskonzepte beider Kontrahenten für ihr jeweiliges Verhalten. Offensichtlich hatte ihre Beziehung zueinander schon einmal bessere Tage gesehen...

Carla

Ungeachtet der miesen Stimmung, die herrschte, als Gunter und Carla jeweils in ihren eigenen Zimmern zu Bett gegangen waren, hatte Carla hervorragend geschlafen. Sie räkelte sich im Bett und wischte sich den Schlaf aus den Augen. Voller Wohlbehagen reckte und streckte sie sich und genoss ganz bewusst die Tatsache, dass Samstag war und sie nicht zur Uni gehen musste.

Jetzt einen Becher Kakao ans Bett gebracht zu bekommen, das wär`s! Zusammen mit leckerem Gebäck, wie etwa Schoko-Muffins, Florentinern oder französischen Madeleines, die sie besonders gern mochte. Aber Gunter, der ihr diesen Service hätte bieten können, schmollte wohl noch immer, denn er hatte sich auch nach dem gestrigen Abend nicht mehr bei ihr blicken lassen. Dass er schon aufgestanden war, hatte sie den typisch morgendlichen Geräuschen aus Bad und Küche entnommen. Außerdem hatte ein verführerischer Duft von frisch aufgebrühtem Kaffee sich bis in ihr Zimmer hinein ausgebreitet.

Gunter frühstückte also bereits, ohne sie, wie sie mit Bitternis bemerkte. „Soll er doch", sagte sie nach einer Weile zu sich selbst und beschloss spontan, es sich später, wenn sie schließlich ebenfalls aufgestanden wäre, besonders gut gehen zu lassen mit einem Frühstück de Luxe. Für solche Fälle hatte sie im Kühlschrank stets eine Packung mit drei Pikkolo-Fläschchen Sekt sowie einem Gläschen mit deutschem Kaviar vorrätig, der zwar nicht vom Stör stammte, sondern aus Seehasenrogen bestand, aber ihrem Frühstück ein besonders exklusives Flair verlieh.

Getreu der Redewendung, wonach Vorfreude die schönste Freude ist, blieb Carla noch eine Weile in den Federn liegen und malte sich aus, wie sie gleich ihren Frühstückstisch schmücken würde. Für sie war eine ansprechende Deko stets ein verlässlicher Garant positiver Befindlichkeit. Eine hübsche Tischdecke, farbgleiche Servietten, Blumen und viele Kerzen sowie ein paar dahingestreute Stanniolsterne würden nicht nur *ihr* gute Laune machen, sondern vielleicht auch dazu beitragen, dass sie sich mit Gunter wieder versöhnen könnte.

Gerade, als sie das Bett verlassen wollte, um ihre ästhetischen Vorstellungen in die Tat umzusetzen, hörte Carla, wie die Haustür geräuschvoll ins Schloss fiel. Als sie kurz danach mitbekam, wie eine Autotür zugeschlagen wurde und auch die Geräusche eines startenden Fahrzeugs nicht zu überhören waren, stand für sie fest: Gunter war ohne sie fortgefahren, wahrscheinlich nach Amsterdam.

Trotz der Krise, in der sie sich befanden und die zu einer weitgehenden Sprachlosigkeit zwischen ihnen geführt hatte, war Carla in Sorge darüber, dass Gunter mit seinem Alleingang nicht nur ihre gemeinsame Wohnung, sondern auch sie selbst verlassen hatte. Unvermittelt schoss ihr ein schrecklicher Gedanke durch den Kopf: Es würde kein gemeinsames Frühstück mehr geben!

Auch ihr selbst war jetzt die Lust vergangen, sich an einen stilvoll gedeckten Tisch zu setzen, um dort allein ein üppiges Frühstück einzunehmen. Sie beendete dementsprechend alle Vorbereitungen hierfür, strebte ihrem Bett zu, warf sich auf die noch angewärmte Decke und weinte leise schluchzend in ihr Kopfkissen.

Gunter

Er hatte schlecht geschlafen. Wieder einmal war auf Carla kein Verlass gewesen. Hatten sie nicht verabredet, nach Amsterdam zu fahren? Und wo waren sie geblieben? Natürlich zu Hause, und nur, weil die Dame sich wegen des bisschen Schnees nicht zu fahren traute. Hätte sie doch wenigstens den Mumm gehabt, mit der Wahrheit herauszurücken und zu bekennen, dass sie eine Scheißangst vor der Fahrt hatte...

Aber nein: Sie musste natürlich wieder diese Nummer mit der Migräne bringen, die er ihr schon längst nicht mehr abnahm, die ihn aber stets handlungsunfähig machte, weil man ja letztlich nie wissen konnte, ob nicht doch etwas dran war an ihren massiv auftretenden Schmerzzuständen.

Gunter war es leid, immer als der Schuldige dazustehen, der die Belange seiner Partnerin nicht ernst nimmt oder sogar gänzlich ignoriert. Carla verstand es meisterhaft, sich selbst in ein gutes und ihn in ein schlechtes Licht zu rücken, so wie gestern, als sie ihm vorgeworfen hatte, Gesundheit und Leben aufs Spiel zu setzen, nur, weil er darauf bestand, wie verabredet nach Amsterdam zu fahren.

Er wusste doch, was er tat! Die lumpigen 260 Kilometer konnten ihn nicht schrecken, auch nicht bei dieser Witterung; er war schließlich kein Fahranfänger mehr, sondern hatte schon 8 Jahre unfallfreie Fahrpraxis auf dem Buckel und war auch mit seinem Fahrzeug bestens vertraut. Sein Wagen hatte auch keine Sommerreifen drauf, wie sie in Unkenntnis der wahren Verhältnisse behauptet hatte, sondern Ganzjahresreifen, die den Winterreifen in nichts nachstanden!

Nein, er hatte einfach keine Lust mehr, sich mit Carla über solche Lappalien zu streiten, nur um am Ende doch wieder den Kürzeren zu ziehen. Er würde jetzt erst einmal für sich selber sorgen und das hieß in diesem Fall, allein nach Amsterdam zu fahren. Er würde seinen Entschluss auch nicht noch einmal mit Carla besprechen, sie würde ihn ja doch nur davon abbringen wollen, aber er hatte auf solche Gespräche einfach keinen Bock mehr, er wollte jetzt endlich los!

Gedacht, getan: Gunter packte ein paar Sachen zusammen, schrieb eine kurze Mitteilung für Carla, die er auf den Küchentisch legte, verließ dann die Wohnung, setzte sich in sein Auto und fuhr los.

Bereits am Ende der Straße, kaum 400 Meter von seiner Wohnung entfernt, hielt er an. Mit seinem gelben Postfahrrad kämpfte sich ein Briefzusteller durch den Schneebelag eines nur unzulänglich geräumten Bürgersteigs. Gunter und Milan, so hieß der Postbote, kannten sich vom Volleyball, wo sie immer dienstagabends mit- oder gegeneinander spielten.

Gunter betätigte den elektrischen Scheibenheber auf der Beifahrerseite und rief durch die geöffnete Seitenscheibe: „Hast du was für mich, ich bin gerade im Begriff wegzufahren, erwarte aber noch einen wichtigen Brief, vielleicht ist ja was für mich dabei?!"

Milan war gar nicht begeistert von Gunters Ansinnen. Immer wieder kamen Leute zu ihm und wollten vorzeitig ihre Post, brachten aber dadurch seinen mühsam erstellten Zustellplan durcheinander. Aber er sagte nichts, schließlich war Gunter ja sein Vereinskamerad, dem man eine solche Bitte schlecht abschlagen konnte. Also kramte er eine Weile in seiner großen schwarzledernen Posttasche und förderte am Ende zwei Briefe zutage, die er Gunter durch das offene Autofenster anreichte. Gunter blickte kurz auf die Kuverts, sagte enttäuscht: „Ach, nur wieder Werbung", und beförderte die Briefe ungeöffnet in das Ablagefach unterhalb des Armaturenbretts.

Währenddessen hatte Milan erneut in seiner Posttasche gekramt und einen weiteren Brief herausgefischt. „Der ist für deine Freundin, nimmst du den für sie mit?"

„Nee, lass man, bei uns läuft es gerade nicht so gut, außerdem bin ich auf dem Weg nach Amsterdam und vor morgen nicht zurück. Da ist es besser, du wirfst den Brief in unseren Kasten, da bekommt Carla ihn eher, als wenn ich ihn jetzt an mich nehme. Du, ich will dann mal! Man sieht sich!"

Milan

„So ein arroganter Schnösel", dachte Milan. „Bringt mir mein gesamtes Verteilsystem durcheinander und von ihm kommt weder eine Entschuldigung noch ein Wort des Dankes. Aber man trifft sich ja immer zweimal". Mit dieser Floskel beruhigte Milan sein angeschlagenes Ego.

Während Gunter sich seinem Fahrziel Amsterdam näherte, hatte Milan fast die gesamte Post ausgetragen bzw. zugestellt, wie es im Postjargon hieß. Die

Wohnung in der Beiderbeckstraße 19 hatte er jedoch bewusst ausgespart, weil er insgeheim plante, diesem Postkunden, besser gesagt, dieser Postkundin, die er schon längere Zeit im Blick hatte, einen besonderen Service zu offerieren.

Da Milan den Generalschlüssel für dieses Miethaus heute in der Poststelle vergessen hatte, musste er ausnahmsweise schon an der Haustür klingeln. Bereits kurz nach Betätigung des Klingelknopfes ertönte der Summer, der Milan ermöglichte, ins Haus zu gelangen. Er stieg in die zweite Etage und fand dort eine Frau vor, die in lasziver Pose in der Türöffnung stand, angetan nur mit einem Babydoll-Nachthemd.

Es war Carla, die in ihrem Wunschdenken fest damit gerechnet hatte, dass Gunter es sich doch anders überlegt hätte und nun zu ihr zurückkäme, aber natürlich wieder einmal, wie schon so oft, seinen Haustürschlüssel vergessen hätte. Als nun offensichtlich jemand ganz anderes vor der Wohnungstür stand als ihr Gunter, verschwand Carla blitzartig, erschien jedoch nach kurzer Zeit wieder in einem rosafarbenen Bademantel an der Wohnungstür. Sie hatte den plötzlich aufgetauchten Besucher durch Gunters Sportaktivitäten schon einmal flüchtig kennen gelernt und sie hatten gemeinsam nach dem Spiel noch ein Bier an der Theke getrunken. Er war ja wirklich ein Hübscher und sie hatte auch bemerkt, dass er sie ganz schön anflirtete.

„Du siehst ja so durchgefroren aus. Soll ich uns rasch einen Kaffee machen, du kannst sicher was Warmes gebrauchen? Wenn du zu Gunter wolltest, der ist allerdings nicht da, du musst dann schon mit mir vorliebnehmen!"

„Mit dem größten Vergnügen!"

„Was denn: Kaffee oder mit mir vorlieb nehmen?"

„Am Liebsten beides, aber in umgekehrter Reihenfolge!"

„Was meinst du denn damit?"

„Dass wir danach auch noch Kaffee trinken können?!"

„Und was soll davor geschehen?"

„Man merkt, dass du eine Deutsche bist. Ihr wollt immer alles vorher genau wissen. In meiner Heimat Kroatien lassen sich die Frauen im Allgemeinen überraschen, wenn man mit ihnen vorlieb nimmt. Wenn aber einer kommt, der, so wie ich, den Namen eines großen Raubvogels führt und Milan heißt, dann wissen sie, dass es schnell geht, wenn er auf sie herabstürzt und sie packt und dass er kein großes Federlesens veranstaltet, sondern sie gnadenlos rupft und dann so blitzartig, wie er gekommen ist, auch wieder verschwindet und höchstens noch Zeit für einen Kaffee hat. Willst du es mal mit mir auf die kroatische Tour versuchen?"

Milan war schon einen Schritt auf Carla zugegangen und stand jetzt recht nah vor ihr. Er lächelte sie an und schaute ihr in die Augen. Das gefiel ihr ganz gut und deshalb wehrte sie sich auch nicht allzu heftig, als er sie an sich zog und zuerst vorsichtig, aber dann zunehmend leidenschaftlicher küsste.

„Was tue ich da gerade, was ist bloß in mich gefahren?", schoss es Carla durch den Kopf, als sie für einen kurzen Moment schuldbewusst das Bild von Gunter vor Augen hatte.

Andererseits: wer hatte sich denn einfach davongemacht, ohne sie in seine Pläne einzubeziehen? Wer war denn schon in der ganzen letzten Zeit so wenig sensibel und so rücksichtslos mit ihr umgesprungen? Gunter konnte gut mal einen Dämpfer für sein überbordendes Ego vertragen. Selber schuld, wenn sie sich mal einen Seitensprung leistete! Doch dann siegte bei Carla die Vernunft über die Versuchung und ließ sie Milan entschlossen entgegentreten.

„So stürmische kroatische Raubvögel sind wir hier nicht gewöhnt," sagte sie, schob Milan von sich weg, lächelte aber dabei. Der Kuss hatte ihr schon gefallen.

Im Moment aber wurde ihr die Situation zu heiß und sie wollte Milan erst einmal nur schnell wieder loswerden.

„Wir müssen vorsichtig sein, Gunter kann jeden Moment zurückkommen." Als Milan sich anschickte, dagegen zu argumentieren und etwas von Gunter in Amsterdam murmelte, sagte sie schnell: „Ich schreibe dir jetzt meine Handynummer auf, dann kannst du mich ja mal anrufen."

Sie griff nach einem kleinen Zettel auf dem Flurschrank und sah sich nach einem Kugelschreiber um.

Milan war schneller und präsentierte ihr einen elegant gestylten Stift, in den sein Name Milan Mandzukic mit Goldbuchstaben eingraviert war.

„Den habe ich von meinem Arbeitgeber, der Deutschen Post, für zuverlässige Zustelldienste erhalten und den möchte ich dir schenken und mich damit für den unvergesslichen Kuss bedanken".

Sie nahm den Stift, bedankte sich mit einem Kuss auf die Wange, schob Milan sanft in den Hausflur hinaus und schloss die Wohnungstür.

Unterwegs

Natürlich war es so, wie er vermutet hatte: Eine vom Schnee weitgehend geräumte Autobahn, kein Schneetreiben mehr und ein unproblematisches Fahrverhalten seines zwölf Jahre alten Polo.

Carla hatte mal wieder den Teufel an die Wand gemalt und Probleme gesehen, wo keine waren, denn auch mit den im Profil zugegebenermaßen ziemlich abgefahrenen Reifen hatte es bislang keinerlei Schwierigkeiten gegeben.

Dennoch, obwohl er in allen Punkten recht gehabt hatte und Carlas Besorgnisse unbegründet waren, hätte er sie jetzt gerne dabeigehabt und ihre ewige Unkerei lieber ertragen als hier so alleine über die Autobahn zu gurken.

Was sie wohl gerade machte? Sie lag sicher noch in den Federn und hätte sich bestimmt gefreut, von ihm einen heißen Kakao oder Kaffee ans Bett gebracht zu bekommen. Sie war nach solchen Wohltaten stets gut drauf gewesen, hatte sich an ihn gekuschelt und meistens hatten sie danach auch miteinander geschlafen. Bei dem Gedanken daran, was jetzt hätte sein können, wenn er nicht so verbiestert gewesen wäre, kommentarlos und alleine loszufahren, wurde ihm ganz anders. Nach einem kurzen

Moment, in dem ein starkes sexuelles Verlangen seinen Körper durchflutet hatte, war es jetzt eine tiefe Traurigkeit, die sich seiner bemächtigte. Mit dem Zwang stets im Recht sein zu müssen, hatte er schon so viele Menschen vor den Kopf gestoßen und so viel Porzellan zerschlagen, dass er allgemein als stur, rechthaberisch und unsensibel galt, ja geradezu als grober Klotz verschrien war.

Es war ein Wunder, dass er bei diesem Ruf, der ihm ja vorauseilte, in Carla eine Freundin gefunden hatte, die im Großen und Ganzen bereit war, seine, gelinde gesagt, wenig empathische Art zu ertragen.

Schluss mit der Selbstzerfleischung! Einem plötzlichen Impuls seiner Gedanken folgend, nahm Gunter jetzt eine Ausfahrt, die sich ihm gerade bot und die auch zu einer Tankstelle führte. Er wollte tanken, vielleicht noch schnell einen heißen Kaffee trinken und dann umkehren und als Akt seines guten Willens sich mit Carla in ihrem breiten Bett wieder versöhnen.

Tankstelle

Gunter verlangsamte seine Fahrt und fuhr dann mitten durch Pfützen auf die Zapfsäulen zu, hielt an der Säule mit dem Dieselkraftstoff, stieg aus und stand unmittelbar in knöcheltiefem Schneematsch. Er fluchte lauthals, während das eisige Wasser durch die Schuhnähte eindrang. Jetzt half alles nichts mehr, seine Füße waren nass und würden auch so schnell nicht wieder trocken werden. Schicksalsergeben stapfte Gunter durch den Schneematsch zur Zapfsäule, betankte seinen Wagen, ging dann zum Verkaufsraum der Tankstelle, bezahlte und erbat von der Frau an der Kasse den Schlüssel zur Toilette, deren Eingang sich seitlich am Tankstellengebäude befand.

Die Frau händigte ihm den Schlüssel aus und bat ihn gleichzeitig, seinen Wagen umzuparken, damit die Diesel-Zapfsäule nicht länger für weitere Fahrzeuge blockiert wäre.

Gunter lief zu seinem Auto und fuhr direkt in eine Parkbucht vor dem Toiletteneingang, suchte dann die Toilette auf, schloss nach erfolgter Verrichtung vorschriftsmäßig ab und war gerade im Begriff, den Schlüssel wieder abzugeben, als sich die Ereignisse überschlugen:

Durch die großflächige Fensterscheibe des Verkaufsraums hindurch bemerkte er eine Gestalt, angetan mit einem Kapuzensweatshirt, die einem Regal ein paar Flaschen mit Spirituosen entnahm und sie blitzschnell in einen mitgeführten Leinenbeutel gleiten ließ. Eine Flasche, die wohl nicht mehr in den Beutel passte, behielt die Person in der Hand und strebte mit ihrem Diebesgut dem Ausgang zu.

Fasziniert von der Dreistigkeit des Überfalls, blieb Gunter stehen und schaute zu, wie die Frau an der Kasse, die vielleicht durch ein leises Klirren der Flaschen aufmerksam geworden war oder in dem runden konvexen Spiegel, der in einer Ecke des Raumes oben angebracht war, den Diebstahl bemerkt hatte, hinter ihrem Kassentresen hervorkam und versuchte, dem Dieb den Weg abzuschneiden.

Die Kassiererin war damit fast erfolgreich, weil der Gang, den sie benutzte, freigeräumt war im Gegensatz zu dem Weg des Diebes, den eine größere Anzahl von Paketen zum Teil blockierte.

Doch mit einem beherzten Sprung über die Paketansammlung gelang es dem Dieb, den Ausgang ein wenig schneller als seine Verfolgerin zu erreichen. Mit vollem Körpereinsatz schaffte er es, die Tür zum Verkaufsraum aufzudrücken. Die entstandene Öffnung nutzte der Dieb, um sich hindurchzuquetschen. Im Freien angekommen, lief er geradewegs auf Gunter zu.

Jetzt endlich, in der unmittelbaren Konfrontation und ohne den Sichtschutz der Kapuze, zeigte der

Dieb sein wahres Gesicht: Der Dieb war in Wirklichkeit eine Diebin!

Jeanne

Der Bruchteil einer Sekunde genügte den bioelektrischen Impulsen, die neuronalen Netze in Gunters Gehirn zu befähigen, einen Abgleich zwischen seiner aktuellen Wahrnehmung und einer Erinnerungsspur vorzunehmen.

Gunter hatte die junge Frau, die ihm da mit weit aufgerissenen Augen entgegengerannt kam, sofort wiedererkannt. Ihre Gesichtszüge waren ihm bereits völlig vertraut, hatte er doch das Bildnis einer gewissen Jeanne Hebuterne seit seinen Jugendtagen und auch jetzt noch in seinem WG-Zimmer als Kunstdruck täglich vor Augen gehabt.

Modigliani hatte mit der Art, wie er seine Portraits malte, einen ästhetischen Nerv bei Gunter getroffen. Insbesondere die Darstellungsweise von Frauen, die Modigliani als mandelgesichtige, langhalsige und engelhafte Wesen malte mit sichelförmigen Augen, die ihnen ein sphärisch-überirdisches Aussehen verliehen, hatte es Gunter angetan.

Aber es war schon ein erheblicher Unterschied, einen Kunstdruck wie eine Ikone zu verehren und andererseits einer überführten Schnapsdiebin auf der Flucht ins Gesicht zu blicken und dabei fast umgerannt zu werden.

Plötzlich waren ein Knall und danach das Geräusch von zersplitterndem Glas zu hören. Die *„diebische Jeanne"* hatte eine der geklauten Flaschen wohl absichtlich fallen lassen, um ihre Verfolger zu behindern oder sogar ganz abzuschütteln. Ihr Plan ging auf. Durch den Knall kam ihre einzige Verfolgerin, nämlich die Kassiererin, zur Besinnung. Ihr war wohl plötzlich bewusst geworden, dass sie ihre Kasse offen und unbeaufsichtigt verlassen hatte. Sie brach deshalb die Verfolgung der jungen Diebin ab.

Verfahren

Gunter sah noch, wie die Diebin zwischen den zahlreichen auf Parkbuchten abgestellten Lkw verschwand und beschloss, sich ebenfalls aus dem Staube zu machen. Die Kassiererin würde mit Sicherheit die Polizei rufen. Das aber würde bedeuten, dass man ihn als Zeugen vernähme und er mindestens in der kommenden Stunde hier fest angepflockt bliebe.

Kurz entschlossen hängte er den mit einem Holzstab am Band versehenen Toilettenschlüssel an die Befestigungsschraube einer Werbetafel und begab sich, um Unauffälligkeit bemüht, zu seinem Polo.

Nach dem Start nahm er selbstvergessen versehentlich nicht die Ausfahrt in Richtung Oudinge, um dann über die Autobahnbrücke in die Gegenrichtung zu gelangen und somit den Weg zurück nach Hause zu nehmen, sondern benutzte aus Zerstreutheit oder vielleicht auch stressbedingt, die Zufahrt zur Autobahn, die weiter nach Amsterdam führte.

Als Gunter seinen Fehler bemerkte, war es schon zu spät. Er hatte sich bereits in den dichten Verkehr eingefädelt. Bis zur nächsten Ausfahrt waren es immerhin noch 25 km, da wäre er ja schon fast an seinem ursprünglichen Ziel Amsterdam.

Nein, jetzt lohnte es sich nicht mehr, noch umzukehren!

Obwohl grundsätzlich nicht abergläubisch, sah Gunter in seiner Fehlleistung doch auch einen Wink des Schicksals.

Was er ursprünglich, und zwar von Anfang an gewollt und geplant hatte, sollte wohl auch so sein. Er würde, wie auch immer, Amsterdam in Kürze erreichen.

Amsterdam

Amsterdam empfing Gunter mit strahlendem Sonnenschein, der von Schneekristallen reflektiert wurde und die Stadt in ein gleißendes Licht tauchte. Er war schon verschiedentlich dort gewesen, aber noch nie hatte er ihr besonderes Flair so intensiv erlebt, hatte er sich so verzaubert gefühlt.

Seinen Wagen parkte er in der Keizersgracht, weil er in der Deutschen Seemannsmission übernachten wollte. Doch zu seinem Bedauern musste er feststellen, dass es sie nicht mehr gab. Wie er in einem der Nachbarhäuser erfuhr, hatte man mit dem altersbedingten Ausscheiden des Ehepaars, in dessen Händen der Betrieb lag, auch gleich die gesamte Einrichtung geschlossen.

Gunter würde sich also nach einer neuen Übernachtungsmöglichkeit umsehen müssen. Doch es war ja noch heller Tag und ein günstiges Nachtquartier würde sich bis zum Abend bestimmt noch finden lassen.

Jetzt stand ihm der Sinn aber erst einmal nach einem guten Essen, nur das Wo und Was hatte er mit sich selbst noch nicht ausdiskutiert.

Er erinnerte sich an einen Zeitschriftenartikel über eine besondere Form der Amsterdamer Gastlichkeit in sogenannten Huiskamer Restaurants, wo man an einer langen Tafel im Wohnzimmer eines typischen Amsterdamer Hauses zusammen mit wildfremden Menschen sitzt und von der Hausfrau bekocht wird.

Gunter fand, das hatte was, nur leider gelang es ihm nicht, die Adressen dieser Lokalitäten zu erfragen. Da selbst Google ihm hier nicht weiterhelfen konnte, handelte es sich bei dieser Information wohl noch um einen Insider-Geheimtipp der Amsterdamer Gourmets.

Was aber Gunter kannte und in guter Erinnerung behalten hatte, waren die leckeren Snacks der Imbiss-Kette Broodje van`t Kootje mit ihren preiswerten Sandwiches auf die Schnelle, aber leider ohne die Möglichkeit, sich dort aufzuwärmen. Das aber tat Not, denn Gunters Füße waren mittlerweile gefühlt zu zwei Eisklumpen mutiert. Sich gründlich aufzuwärmen, hatte daher inzwischen oberste Priorität für ihn. Da traf es sich gut, dass in Sichtweite ein chinesisch-indonesisches Restaurant auf sich aufmerksam machte. Die dort angebrachten mandschurischen Pagodenlampen vollführten im leichten Lufthauch sanft schaukelnde Bewegungen, die im Schnee bizarre Schattenspiele hervorriefen.

Gunter war fasziniert von diesem Anblick, gleichzeitig meldete sich jetzt auch sein Magen in froher Erwartung der Opulenz einer indonesischen Reistafel, deren Gewürzschärfe sicher auch seinen Kreislauf auf Trab bringen und ihm endlich warme Füße bescheren würde.

Tineke

Sein Entschluss stand nun fest: Hier wollte er essen, ebenso wie offenbar auch jene junge Frau, die eine neben der Eingangstür angebrachte Speisekarte ausgiebig studierte. Gunter schätzte sie auf Mitte zwanzig, etwa so alt wie er selbst und hatte daher keine Bedenken sie zu duzen, als er hinter sie trat und sie von dort aus anredete: „Hey, entschuldige, wenn ich dich so einfach anspreche, aber als Deutsche lebst du mit dem großen Schwarz-Rot-Gold „Schland"-Aufkleber auf deinem Rucksack nicht ganz problemlos in diesem Land. Hier wird man nämlich nicht so gerne daran erinnert, dass Oranje bei der letzten WM keine Rolle gespielt hat und eine so einfache Feststellung wie sie der Aufdruck „Deutschland Weltmeister 2014" beinhaltet, kann dann von nationalstolzen Niederländern schon leicht als Provokation eines überheblichen „Moffen" empfunden werden."

Bei Gunters Worten hatte sich die junge Frau umgedreht und schaute ihm nun direkt ins Gesicht, verzog ihre Miene zu einem Grinsen und meinte nur: „Es ist nett von dir, dass du mich vor der Rache meiner Landsleute, den bösen Niederländern schützen willst, aber du brauchst dir diesbezüglich keine Sorgen zu machen.

Ich bin Tineke Wijlstra aus Veendam und studiere Sozialpsychologie in Groningen. Der Aufkleber ist Bestandteil einer Untersuchung nationalistischer Einstellungen im Rahmen eines Projekts zur Vorurteilsforschung. Ich trage diesen Aufkleber mit mir herum, um die Leute aufmerksam zu machen, bzw. auch, um zu provozieren, habe dabei aber eher an meine niederländischen Landsleute gedacht, aber nicht damit gerechnet, von einem „Moffen" davor beschützt zu werden."

„Dann habe ich als der überzeugte Pfadfinder, der ich mal war, mit meinem Schutzangebot schon meine gute Tat für heute erfüllt, sozusagen die Pflicht. Was hältst du davon, wenn ich jetzt auch mit der Kür beginne und dich zu einer indonesischen Reistafel einlade?"

„Eine sehr gute Idee! Ich nehme die Einladung gerne an, wenn du einverstanden bist, dass im Gegenzug die Getränke auf mich gehen."

„So soll es sein, aber nun rein mit uns, sonst frieren wir noch an!" Gunter und Tineke machten sich alsbald über die vielen Schüsseln her, die ihnen serviert wurden, aßen mit großem Appetit, plauderten angeregt über dies und das und hatten beide das Gefühl, sich schon ganz lange zu kennen. Einige Gläser des Oude Genever taten das ihrige, ließen die Gesichter der beiden jungen Leute erglühen und sorgten dafür, dass eine Welle der Wärme ihre Körper durchflutete und sie in eine wohlig entspannte, schläfrige Stimmung gerieten, aus der sie unvermittelt herausgerissen wurden, als der Kellner plötzlich an ihrem Tisch auftauchte und ihnen die Rechnung präsentierte.

Kekse

Auf dem Teller mit der Rechnung befanden sich auch zwei Glückskekse, die natürlich sofort angebissen wurden, um an die begehrten Papierstreifen mit den zumeist ziemlich sybillinischen Prophezeiungen zu gelangen.

Tineke betrachtete ihren Streifen zuerst für sich allein, lächelte versonnen und las den Text danach vor: „De moeilijke tijden zijn voorbij – vreugde ligt op je weg."

Erstaunlicherweise enthielt Gunters Glücks Keks für ihn die gleiche Botschaft, wenn auch auf Deutsch: „Die schweren Zeiten sind vorbei – Freude kommt auf deinen Weg."

„So etwas liest man gern, aber es ist ja auch der Sinn von Glückskeksen, gute Laune zu produzieren", dachte sich Gunter, der jede Form von Weissagung, sei es durch Tarotkarten, Horoskope, Bleigießen oder eben Glückskekse generell für Hokuspokus hielt, der nicht in sein durch Rationalität geprägtes Weltbild passte. Gunter hütete sich aber, diese Gedanken in Gegenwart von Tineke zu äußern, weil er spürte, dass sie die Worte auf dem Glückskeksstreifen für bare Münze nahm und er es sich mit ihr nicht verderben wollte. Er hatte allerdings den leisen Verdacht, dass Tineke ihrem gemeinsamen Glück etwas auf die Sprünge helfen wollte, als sie den Vorschlag machte, zu Freunden von ihr zu gehen, die in der Gracht ein Hausboot besaßen, wo man es gemütlich warm haben und sich gemeinsam bei einem Joint entspannen könnte.

Scherzhaft bemerkte Gunter, dass ihnen beiden laut Glückskeksbotschaft Freude auf ihrem Weg beschieden sein würde und dachte dabei insgeheim an den nächstgelegenen Coffeeshop, in dem sie sich mit einem Freude spendenden Quantum Hanf versorgen könnten.

Für Tineke hingegen bestand überhaupt kein Zweifel, dass ihr gemeinsamer Weg eine freudige Überraschung für sie bereithalten würde. Als Gunter die Toilette aufsuchte, griff sie schnell in ihren Rucksack und beförderte daraus ihr kleines schwarzes Moleskine-Notizbuch, in das sie üblicherweise Stichworte schrieb, die für ein Tagebuch bestimmt waren, das sie führte.

Eilig vertraute sie jetzt ihrem Notizbüchlein an: „Ich habe soeben mit dem Mann meines Lebens zu Mittag gegessen, den ich heiraten werde. Unabhängig voneinander wurde uns beiden prophezeit, dass Freude auf unserem Weg wartet. Ich bin ja soo gespannt...".

Zur Erleichterung des Kellners, der endlich seine Schicht beenden konnte, verließen Tineke und Gunter als letzte Gäste das Restaurant. Gunter erkundigte sich nach dem nächstgelegenen Coffeeshop und schlug vor, zu seinem in der Keizersgracht abgestellten Polo zu laufen und auf dem

Weg dorthin beim Coffeeshop die notwendigen
Einkäufe zu tätigen.

Fundsache

Die Kälte überfiel sie schlagartig, als sie das Restaurant verließen und es schien nur natürlich, dass sich
beide aneinander drängten und sich schließlich
beim Laufen gegenseitig unterfassten. Es hatte erneut begonnen ein wenig zu schneien. Um nicht
auszugleiten, waren die Blicke deshalb auf den Boden gerichtet. Plötzlich stutzte Gunter und blieb abrupt stehen. Er hatte etwas bemerkt, was dort offensichtlich nicht hingehörte. Gunter wusste nicht, was
es hätte gewesen sein können. Um das heraus zu
bekommen, musste er ein paar Schritte zurückgehen.

Da bemerkte er auch schon das Unglaubliche: Aus
einer winzigen Verwehung an einer Hausecke ragten aus dem Schnee zwei Briefumschläge heraus,
die, als er näher heranging, identisch zu sein schienen mit jenen, die ihm heute früh in Wallenhorst
sein Sportskamerad Milan, der Postzusteller, ausgehändigt hatte. Abrupt machte sich Gunter von Tineke los, die ihn entgeistert anstarrte, bückte sich

und griff hastig nach den zwei Kuverts. Beide waren durch das Liegen im Schnee etwas angefeuchtet, aber die Adressen auf den Anschriftenfeldern konnte Gunter problemlos lesen. Das zerstreute jeden Zweifel: Es waren seine Briefe, die hier in Amsterdam offenbar auf ihn gewartet bzw. sich ihm hier in den Weg gestellt hatten.

Für einen Moment stand Gunter neben sich, starrte nur auf die beiden Briefe und konnte keinen klaren Gedanken fassen. Es war Tineke, die ihn mit ihren simplen Fragen „Was ist los mit dir, warum starrst du die Briefe an, was hat das zu bedeuten?", in die Realität zurückholte und ihn damit gleichsam wieder erdete.

Dankbar drückte er sie fest an sich und schilderte ihr den Grund für seine Verwirrtheit. Tineke hörte sich geduldig alles an und hatte dann gleich auch eine Erklärung für das ungewöhnliche Geschehnis zu Hand: „Erinnerst du dich daran, was dir dein Glückskeks prophezeit hat? Hieß es da nicht: Freude kommt auf deinen Weg? Vielleicht schaust du einfach einmal nach, was dir in den Briefen mitgeteilt wird, dann bist du schlauer und kannst dich möglicherweise über einen Hauptgewinn bei irgendeiner Lotterie freuen!" Erst jetzt wurde Gunter bewusst, dass beide Briefe bereits geöffnet waren. Er selbst hatte sie ungeöffnet in das Handschuhfach seines Autos gelegt, also musste sich in der Zwischenzeit jemand anderes der Briefe bemächtigt und sie wahrscheinlich auch gelesen haben. Neugierig geworden entnahm Gunter das Schreiben aus dem ersten Kuvert. Es handelte sich dabei um die Werbung eines Versandhändlers für ein Sonderangebot zum Kauf von englischen Teerosen, nicht gerade etwas, das einen bei Schnee und Eisglätte mitten auf einem Gehweg im winterlichen Amsterdam besonders ansprechen, geschweige mit besonderer Freude erfüllen würde.

Engelpost

Gunter stopfte diesen Briefumschlag samt Prospekt in seine Jackentasche und wandte sich dem zweiten auf himmelblauen Papier gedruckten Schreiben zu. Durch die eingedrungene Feuchtigkeit waren einige Zeilen des Textes nur mit großer Mühe lesbar, unschwer ließ sich beim Überfliegen des Schreibens jedoch erkennen, dass es sich um eine Art Kettenbrief handelte, der sonderbarer Weise zwar keinen Absender enthielt, andererseits aber völlig korrekt adressiert war. Ebenso sonderbar erschienen Gunter auch der Inhalt sowie die Diktion, in der das Schreiben verfasst war.

Gunter las Tineke den Text vor, die mit großem Interesse lauschte:

„Die Engel haben bemerkt, dass du mit etwas kämpfst. Sie sagen es ist vorbei. Du erhältst einen Segen. Wenn du an Engel glaubst, sende dies weiter, bitte ignoriere sie nicht, du wirst geprüft. Es werden zwei große Dinge heute Nacht in deinem Sinne geregelt. Lass alles fallen und gib es weiter. Morgen wird der beste Tag. Jemand wird dich überraschen."

Ein merkwürdiges Gefühl beschlich Gunter, während er vorlas. Das war so gar nicht seine Sprache und mit Engeln hatte er es erst recht nicht. Andererseits... Er kam ins Grübeln. Es stimmte schon, tatsächlich kämpfte er mit sich selbst. In letzter Zeit hatten Carla und er permanent Stress miteinander gehabt. Ständig redeten sie aneinander vorbei, Missverständnisse wuchsen sich zu größeren Streitereien aus, die sie zumeist nur mit mehr oder weniger faulen Kompromissen aus der Welt schaffen konnten, bis sich der nächste Anlass für gegenseitige Unverträglichkeiten ankündigte, die dann häufig in einem handfesten Zerwürfnis mündeten. Manchmal hatte er schon den Eindruck, sich auf einem Minenfeld zu bewegen. Es wäre nur zu schön, wenn irgendwelche Engel ihm dabei helfen könnten, diesen Zustand ein für allemal zu beenden!

„Es ist vorbei", murmelte Gunter leise vor sich hin, aber laut genug, dass Tineke es hören konnte und sofort nachfragte: „Was ist vorbei?"

„Das ist eine komplizierte Geschichte, erzähle ich dir später, wenn wir wieder im Warmen sind.

Lass uns jetzt erst einmal zu meinem Wagen gehen, wo sich die Briefe ja befunden haben. Ich will wissen, was da los ist."

Scherben

Gunter beschleunigte seine Schritte, so dass die deutlich kleinere Tineke Mühe hatte, mitzuhalten. Der geplante Besuch im Coffeeshop spielte angesichts des rätselhaften Vorkommnisses auf einmal überhaupt keine Rolle mehr. Sie gingen die Keizersgracht entlang, bis sie zu seinem Auto gelangten. Als sie näherkamen, konnten sie an dem Häufchen Glasscherben im Schnee erkennen, dass die Scheibe an der Beifahrerseite eingeschlagen worden war.

„Haben deine Engel nicht gesagt: Du erhältst einen Segen? Dass ich nicht lache, ein schöner Segen ist das! Ein Scherbensegen!"

„Wieso eigentlich <*deine*> Engel? Glaubst du immer noch nicht, dass vor allem du der Empfänger dieser, wie ich zugebe, auf den ersten Blick noch unverständlichen Botschaften bist? Die Glückskeksprognose hat sich schließlich auch für mich erfüllt, denn es ist Freude auf meinen Weg gekommen, wenn ich das einmal so poetisch formulieren darf. Was ich damit meine: Ich gehe gerne an deiner Seite und es freut mich, mit dir zusammen zu sein, auch wenn du eigentlich nicht Gunter heißen dürftest, sondern Thomas, weil du so ungläubig bist."

„Ich glaube halt, was ich sehen kann und in diesem Moment sehe ich, dass jemand versucht haben muss, in mein Auto einzubrechen, um irgendwelche Wertgegenstände zu klauen. Aber an der Beute wird er sich kaum erfreuen können, selbst mein Autoradio ist so gut wie nichts mehr wert. Nur habe ich jetzt den Schaden und hier ist auch weit und breit keine Engelwerkstatt, die mir die Tür ausbaut und eine neue Scheibe einsetzt. Sorry für dich auf dem Beifahrersitz, da zieht es jetzt mächtig; aber du sagst ja, es ist nicht weit zu deinen Freunden auf dem Hausboot. Ich bin übrigens auch sehr gerne mit dir zusammen. Und jetzt lass uns fahren, sonst frieren wir hier noch an!"

Hausboot

Gunter schloss die Fahrertür auf und stieg ein. Schnell informierte er sich darüber, dass sein Radio sich noch an seinem Platz befand und dass auch sonst offenbar nichts fehlte. Portemonnaie und Handy trug er stets bei sich und andere Wertsachen besaß er nicht. Nachdem auch Tineke eingestiegen war, starteten sie bei eisiger Kälte zu einer zum Glück nur kurzen Fahrt, bis sie das Hausboot erreicht hatten.

Nachdem sie sich durch lautes Klopfen bemerkbar gemacht hatten, dauerte es immerhin noch eine Weile, bis sich im Inneren des Schiffs etwas tat. Schließlich wurde die Tür zur Kajüte einen Spalt breit geöffnet und ein schmalgesichtiger junger Mann lugte misstrauisch von drinnen heraus, entspannte sich jedoch, als er Tineke erkannte.

„Wen hast du denn da mitgebracht?"

„Hallo Niklas, das ist Gunter. Er ist zwar ein Moff, aber ansonsten ganz ok. Wir wollen uns hier etwas aufwärmen, wenn das geht."

„Kein Problem, ihr könnt die Steuerbord-Kammer nehmen. Kommt jetzt erst einmal rein in den Salon. Wenn ihr was braucht, wir sind heute gut sortiert.

Schneewittchen hat mal wieder groß eingekauft und vertickt das Zeugs für `nen guten Preis." Niklas trat zur Seite und ließ Tineke durch, stellte sich dann aber vor Gunter und musterte ihn eindringlich.

„Worauf stehst denn du?"

„Ich bin ein Freund von Mary Jane!"

„Das trifft sich gut. Schneewittchen hat nämlich einen hervorragenden Schwarzen Afghanen besorgt. Nicht ganz billig, aber seine Euros unbedingt wert! Ich geh dann mal schon vor."

Als Niklas die Tür zum Salon öffnete, schlug ihnen eine Welle warmer, rauchgesättigter Luft entgegen. In der trüben, nur durch einige wenige Kerzen erhellten Atmosphäre konnte man kaum etwas erkennen, dennoch hatte Gunter den Eindruck, einen Teppichladen zu betreten. Teppiche nicht nur auf dem Boden und an den Wänden, sondern auch als Belag auf zwei Tischen und auf mehreren Stühlen und Sesseln.

Entdeckung

Nachdem sich seine Augen an die im Salon herrschenden Lichtverhältnisse etwas gewöhnt hatten, konnte Gunter Einzelheiten im Raum erkennen, so z.B. einen Stapel mit lauter Exemplaren des englischen „Guardian", die sich neben einem Sessel aufgetürmt hatten. Gerade, als er Schlüsse aus der Zeitungslektüre auf die linksliberale Gesinnung der Hausbootbewohner zog, fiel Gunter ein unscheinbarer, etwa handtellergroßer grauschwarzer Gegenstand ins Auge und zog sofort seine gesamte Aufmerksamkeit auf sich.

War das nicht...? Das war doch...! kein Zweifel! Das war *seine* Münzbox, in der er, sorgfältig voneinander getrennt, in je 5 Exemplaren sämtliche Euro- und Cent Münzen als „Notgroschen" für alle Fälle verwahrte. Erst kürzlich hatte er die Box neu befüllt, so dass sie fast 20€ an Münzgeld enthielt. Bis jetzt hatte er den Verlust seiner Münzbox als Folge des Einbruchs in sein Auto noch gar nicht bemerkt.

War vielleicht Niklas einer der Diebe und war das Hausboot nicht nur Umschlagplatz für alle möglichen Drogen, sondern Hauptquartier für verschiedene Formen von Beschaffungskriminalität? Gunter beschlich ein ungutes Gefühl. Wo war er bloß hineingeraten?

Tineke hatte bemerkt, dass ihn etwas massiv bedrückte. Geistesgegenwärtig sagte sie zu Niklas, sie wolle sich erst einmal etwas zurückziehen, was ihm ein schiefes Grinsen entlockte, als sie Gunter an die Hand nahm und den leicht Widerstrebenden hinter sich her in die Steuerbordkammer zog. Die Kammer war winzig und beherbergte nicht viel mehr als ein schmales Bett, auf das sich Tineke rückwärts fallenließ. Gunter, den sie nicht losgelassen hatte, landete neben ihr ebenfalls auf dem Rücken. Sobald er lag, wandte sie sich ihm zu und fragte: „Was ist los?"

Gunter berichtete ihr von seiner Entdeckung und sagte, er wisse nicht mehr, wie er sich jetzt verhalten solle. Als quasi „Gast" hier auf dem Hausboot könne er schlecht die Verursacher des Schadens an seinem Polo bei der Polizei anzeigen. Andererseits sei er stinkwütend und wolle nicht so einfach hinnehmen, was Niklas und eventuell weitere Konsorten ihm angetan hätten.

Tineke hörte sich seine Klage aufmerksam an und machte dann einen Vorschlag, dem Gunter in Ermangelung einer Alternative zustimmte, wenn auch nur zögernd. Angesichts der Witterung draußen würde man die Nacht über an Bord bleiben und bedenkenlos Bett und Logis in Anspruch nehmen. Bei einem gemeinsamen Frühstück am Sonntagmorgen würde dann Tacheles geredet und Hilfe bei der Reparatur der Seitenscheibe eingefordert. Wenn alles zur Zufriedenheit abliefe, wolle man

sich ohne weitere (auch rechtliche) Schritte vorzunehmen und auch ohne Groll voneinander verabschieden und sich künftig möglichst aus dem Weg
gehen.

Tineke spürte, wie schwer Gunter sich tat, an Bord
zu bleiben mit dem Risiko, auch noch auf andere
Bewohner des Hausbootes zu treffen und dann
gute Miene zu einem ziemlich bösen Spiel machen
zu müssen. Sie bot ihm deshalb an, in der Steuerbord Kammer bleiben zu können. Sie selbst würde
aus der Kombüse etwas zu essen und ein paar Flaschen Amstel organisieren und bei Luzie, der Kok-
serin, die in der Szene alle nur unter ihrem Dealer-
namen Schneewittchen kannten, etwas Gras besorgen. Hochzufrieden mit dem Erfolg ihrer Mission
erschien Tineke nach einer Weile in ihrer kleinen
Kammer. Sie berichtete, dass Luzie gut drauf gewesen sei und ihr den Schwarzen Afghanen sogar gra-
tis zum Ausprobieren überlassen habe.

Liebesglück

Mit dem Essen hob sich bei beiden die Stimmung.
Sie hatten es warm, waren satt und froh, zusammen
zu sein. Die Enge der Kammer, das schmale Bett

und die leicht schaukelnden Bewegungen des Bootes taten das Ihrige: Tineke und Gunter rückten aneinander, drängten zueinander, und ließen ihre Hände den Körper des Anderen voller Neugier erforschen.

Sie spürten und genossen einander und fühlten eine tiefe Verbundenheit, die den Tag und diese Nacht überdauern würde.

Der schwarze Afghane, aus dem sie sich einen Joint gebaut hatten, erwies sich dann als Teufelszeug, das schon in Kürze ein rauschhaftes Erleben einleitete. Schon nach wenigen Zügen herrschte zwischen dem Paar eine gelöste Stimmung mit euphorischen Momenten und Gefühlen der Leichtigkeit. Beide waren schlicht „high" und lebten für ein paar Stunden in einer überscharf konturierten bunten Bilderwelt, in der Störendes entweder nicht wahrgenommen oder aber veralbert und weggelacht wurde. Im Gefühl gemeinsam erlebten Glücks und begleitet von der Melancholie langgezogener psychodelischer Klänge, die aus dem Salon zu ihrer Kammer drangen, schliefen sie schließlich ein. Die drei Flaschen Amstelbräu, die Gunter am Abend getrunken hatte, mussten im Laufe der Nacht aber dringend entsorgt werden. Auf der Suche nach einer Toilette kam er nicht umhin, den Salon zu passieren.

Luzie / Schneewittchen

Alles war dunkel, bis auf den Widerschein einer entfernten Straßenlaterne, die die Gracht säumte und die Gunter jetzt ermöglichte, den Weg zur Toilette zu finden. Glücklich, dem Blasendruck entronnen zu sein, machte er sich auf den Rückweg zu seiner Steuerbord-Kammer.

Als Gunter den in Dunkelheit getauchten Salon fast durchquert hatte, flammte plötzlich helles Licht auf und eine greisenhafte Stimme schnarrte: „Da ist er ja, unser Moff, der unsere Gastfreundschaft in Anspruch nimmt, unsere Joints raucht und unsere Frauen vögelt und dabei die Frechheit besitzt, auch nur zu erwägen, uns bei der Polizei anzuzeigen. Was sagt man dazu? Ist das etwa die feine Moffenart?"

Gunter schaute in die Richtung, aus der die Stimme gekommen war und stieß einen Ausruf des Erstaunens aus, nachdem sich seine Augen an die plötzliche Helligkeit gewöhnt hatten. Kein Zweifel: Die Frau, die ihm hier im Salon ihres Hausboots gegenübersaß, war die gleiche, die ihn an der Tankstelle fast umgerannt hatte, nachdem man sie dort als Diebin von mehreren Markenspirituosen beinahe erwischt hätte.

Luzie, um die es sich bei der Diebin handelte, war angesichts einer lächerlichen Beute von vielleicht 3-4 Flaschen Whisky ein hohes Risiko eingegangen, geschnappt zu werden.

Gunter dachte darüber nach, wie seltsam es wirkt, wenn jemand, der mit allen möglichen Drogen im großen Stil handelt und dabei wahrscheinlich exorbitante Gewinne einstreicht, sich damit abgibt, Spirituosen zu klauen oder Autos aufzubrechen. Er vermutete, dass in Luzie vielleicht ein Adrenalin-Junkie steckt, der vor allem den Kick sucht und dem dazu kleinkriminelle Gesetzesübertretungen mit allerdings hohem Entdeckungsrisiko völlig ausreichen.

Als Gunter sich anschickte diese Frage an Luzie weiterzugeben, wurde er von ihr schroff abgewiesen: „Das geht dich gar nichts an!" Stattdessen stichelte sie: „Du warst dir wohl sicher, dass wir nicht erfahren würden, was du und dein Täubchen in der Steuerbord Kammer beredet habt, aber weit gefehlt! Auf einem Schiff bleibt nichts verborgen, weil das Wasser den Schall hervorragend weiterleitet. Selbst euer Liebesgeflüster haben wir in allen Einzelheiten mitbekommen, das war richtig amüsant, euch bei euren gegenseitigen Gunstbeweisen zu belauschen". Vielleicht war es die Mischung aus Bier

und Cannabis, die als Reaktion auf Luzies Scham-
losigkeit zunächst Hitzewellen durch Gunters Körper schießen und einen gewaltigen Zornesausbruch
befürchten ließ, der dann aber in einem Zustand äu-
ßerer Teilnahmslosigkeit verebbte.

Jeanne und Luzie

Dafür stiegen in seinem Kopf Bilder auf, Bilder, die
scharf konturiert waren wie in der surrealistischen
Malweise eines Dali oder di Chirico. Sie kontrastier-
ten den melancholischen Gesichtsausdruck der un-
glücklichen Jeanne Hebuterne in Modiglianis Por-
trait mit den schreckhaft geweiteten Augen der
kleinkriminellen Diebin Luzie auf ihrer Flucht aus
dem Verkaufsraum der Autobahntankstelle sowie
schließlich mit dem selbstgerechten Auftreten und
der unverschämt-arroganten Attitüde dieser dro-
gendealenden Szene-Größe Schneewittchen, die
jetzt mitten in der Nacht auf einem aus Rattan ge-
fertigten Pfauenthron aus der Dunkelheit heraus
Hof zu halten schien.

Trotz der Kontraste und aller Unterschiede im Ausdruck formierten sich die verschiedenen Bilder für
Gunter zu einem bestimmten Frauentyp. Die be-

wusste Wahrnehmung seiner unterschiedlichen Facetten half Gunter sich von der über viele Jahre hinweg bestehenden Fixierung auf die Jeanne Hebuterne als Ikone einer von ihm idealisierten Weiblichkeit zu lösen. Er hatte diese Jeanne auf einen Sockel gehoben und zur Lichtgestalt verklärt und blickte nun auf eine Frau, die bei nahezu identischen Gesichtszügen von einer Aura der Verderbnis umgeben war. Sie tat Gunter beinahe leid, wie sie jetzt blasshäutig und hohlwangig, mit fiebrig glänzenden Augen und Greisenstimme auf ihrem überdimensionierten Rattansessel thronte, ohne eine reelle Chance, sich mit eigener Kraft aus dem Prozess fortschreitender Selbstzerstörung befreien zu können.

Daher fiel es ihm auch nicht schwer, darauf zu verzichten, Luzies Gehässigkeiten mit gleicher Münze zurückzuzahlen:

Deal

„Wie du ja durch deine Lauscherei bereits weißt, wollen wir morgen früh abreisen. Das können wir aber nur, wenn wir wieder eine intakte Seitenscheibe haben. Wir gehen davon aus, dass du als Schneewittchen in der Szene genügend vernetzt bist, um auch am Sonntagmorgen eine Scheibe für den Polo samt Reparatur organisieren zu können.

Im Gegenzug unternehmen wir nichts bei folgenden Delikten:

- Diebstahl (Tankstelle)
- Sachbeschädigung (Scheibe)
- Schwerer Diebstahl (u.a. Geld, Münzbox)
- Postunterschlagung
- Verletzung des Briefgeheimnisses

Sind wir im Geschäft?" „Ich rede noch mal mit Niklas, aber ich denke, wir können es so machen!"

„Dann ist ja alles geklärt und ich kann mich noch für ein paar Stunden aufs Ohr legen, gute Nacht!"

„Keine gute Nacht!"

Während Gunter noch über den Grund für diese Bemerkung Luzies nachdachte, fiel ihm urplötzlich wieder die Prophezeiung aus dem Engel-Kettenbrief ein. Da hieß es doch: „Es werden zwei große Dinge heute Nacht in deinem Sinne geregelt."

„Nur zu", sagte sich Gunter, „ich habe nichts dagegen, wenn sich etwas in meinem Sinne regelt, aber erstens ist die Nacht noch nicht vorbei und zweitens brauche ich jetzt noch eine Mütze voll Schlaf."

Zukunftspläne

Mit diesen Gedanken schlich er sich, um Tineke nicht zu wecken, bemüht geräuschlos in die Steuerbord-Kammer und fiel bald in einen von volltönenden Schnarchlauten begleiteten Tiefschlaf, nicht ahnend, dass Tineke die gesamte Zeit während seiner Abwesenheit wachgelegen und sich nur schlafend gestellt hatte, als er wieder in die Kammer zurückgekommen war.

Sie wollte sich einfach ungestört ihren Gedanken und Gefühlen überlassen, die allesamt um Gunter kreisten.

Sie malte sich eine Zukunft mit ihm aus, ein Leben zu zweit, sie würden zusammenziehen, gemeinsam verreisen, in einem Häuschen mit Garten wohnen, vielleicht Kinder haben, auf jeden Fall aber glücklich miteinander sein.

Sie erinnerte sich plötzlich an den Deutschunterricht in ihrer Schule, wo sie die Redensart ‚Jeder ist seines Glückes Schmied‘ kennen gelernt hatte. Sie würde wohl etwas für ihr persönliches Glück tun müssen. Sie waren ja hier schließlich nicht im Schlaraffenland, wo einem die ‚gebratenen Tauben in den Mund fliegen‘, wie es in einer ebenfalls deutschen Redensart so treffend hieß.

Was aber sollte sie, beziehungsweise konnte sie tun?

Auf jeden Fall mussten sie beide Amsterdam, zumindest aber das Hausboot, baldmöglichst verlassen. Von Niklas und seiner Schneekönigin gingen Bad Vibrations aus, das spürte sie ganz deutlich. Gunter schien in irgendeiner besonderen Beziehung zu ihr zu stehen, schien fasziniert von Luzie zu sein, trotz oder vielleicht sogar wegen der kriminellen Energie, die zweifellos in ihr steckte. Vor ihrem Einfluss würde sie Gunter schützen müssen.

Mit diesem Auftrag an sich selbst kuschelte sie sich an Gunter und schlief endlich auch wieder ein.

Aufbruch

Am nächsten Morgen klopfte jemand an die Tür zur Steuerbord-Kammer. Es war Niklas, der zum Aufbruch drängte. Sie würden zu einem Autoteile-Handel fahren. Dort würde Gunter kostenlos entweder eine gebrauchte Seitenscheibe oder eine Seitentür eingebaut und dann wären sie quitt. Sie sollten gleich alle Sachen mitnehmen, denn zum Hausboot dürften sie nicht wieder zurück, das sei Teil der Abmachung!

Gunter und Tineke hatten sich ohnehin nicht mehr wohlgefühlt in diesem Quartier, nachdem sie so schamlos belauscht worden waren. Sie hatten in kürzester Zeit ihre Sachen zusammengepackt, saßen abmarschbereit in einem eisigen Auto und folgten schließlich Niklas in seinem aufgemotzten Maserati. Niklas brachte sie zu dem Teilehandel und verließ sie dann umgehend, ohne sich noch von ihnen zu verabschieden, nachdem er mit dem Monteur noch kurz gesprochen hatte. Dieser war am Sonntagmorgen eigens herbeordert worden war und blickte sie nicht gerade freundlich an, nahm dann aber doch zügig und kompetent den Einbau der Seitenscheibe vor.

Froh, der zuletzt höchst unerfreulichen Situation auf dem Hausboot entronnen zu sein, verließen Gunter und Tineke Amsterdam mit Ziel Groningen, wo Tineke studierte und wo sie ein Zimmer in einer WG besaß, in dem sie auch Gunter für ein paar Tage unterbringen konnte.

Unterwegs hatten sie beide nur ein Thema: Den seltsamen Kettenbrief, der auf so ungewöhnliche Weise seinen Empfänger erreicht hatte und dessen Prophezeiungen so unerwartet nah an die Realität heranreichten.

War Gunter nicht geweissagt worden, er würde geprüft und hatte es in der Prophezeiung nicht auch geheißen, zwei große Dinge würden noch in der Nacht für ihn geregelt werden?

Die Reparatur der Seitenscheibe von Gunters Polo, von der sie jetzt zweifellos profitierten, war in der Nacht erfolgreich verhandelt worden, aber war das ein großes Ding? Wohl kaum!

Tineke, die längst die Weissagung der Engel als erfüllt ansah, schwieg sich bei diesem Punkt aus, Gunter sollte selbst darauf kommen, meinte sie.

Ihr Vertrauen wurde belohnt, denn Gunter rechnete nicht nur das Liebesglück, das aus ihnen in dieser Nacht ein Paar hatte werden lassen, zu den „großen Dingen", sondern auch die mentale Befreiung von seiner Fixierung an einen idealisierten Frauentyp, der einem Kunstdruck entstammte und ihm einen realistischen Blick auf Frauen dieses Typs bislang verwehrt hatte.

Tineke wollte nun unbedingt wissen, ob er seine Blicke künftig auch auf Frauen richten würde, die weniger schwanenhalsig und hohlwangig seien und stattdessen knapp über den Normwerten des BMI liegen würden.

Als Gunter sie daraufhin eine Zeitlang lächelnd von der Seite anschaute, errötete sie, weil sie sich durchschaut fühlte.

Dann wechselten sie das Thema und gingen gemeinsam der Frage nach, was für eine Art von Überraschung, wie sie Gunter vorausgesagt worden war, er denn heute noch zu gewärtigen hätte, kamen aber, weil es sich ja schließlich um eine Überraschung handeln sollte, naturgemäß zu keinem Ergebnis.

Als sie Groningen erreicht hatten, war es erst einmal Tineke, die überrascht, um nicht zu sagen, enttäuscht war, weil sich Gunter spontan entschieden hatte, zunächst erst einmal zurück nach Wallenhorst in seine Wohnung zu fahren.

Er wollte Carla fairerweise davon in Kenntnis setzen, dass er sich in eine andere Frau verliebt hatte.

Er würde daher nicht nur seine mehrjährige Beziehung zu Carla beenden, sondern auch aus der gemeinsamen Wohnung ausziehen.

Diese Absichtserklärung machte Tineke glücklich. Ihre vorherige Enttäuschung war wie weggeblasen. Als sich Gunter von ihr in Groningen verabschiedete, umarmte sie ihn stürmisch und küsste ihn voller Leidenschaft.

Überraschung

Gunter aber fuhr voller Unbehagen in seine Wohnung.

Er gestand sich ein, dass er Angst vor dem Gespräch mit Carla hatte.

Als er in die Wohnung kam, hörte er, dass sie im Bad war, weil die Dusche lief. Er ging in das gemeinsame Wohnzimmer und sah das aufgeschlagene Rätselheft mit den Kreuzworträtseln, die Carla so sehr liebte.

Neben dem Heft lag ein Kugelschreiber, der ihm auffiel, weil er überaus edel wirkte und weil der Name Milan Mandzukic in Goldbuchstaben auf ihm eingraviert war. Gunter stutzte und überlegte, was die enge Nachbarschaft von Milans Kugelscheiber und Carlas Rätselheft bedeuten könnte, als es zweimal direkt nacheinander an der Wohnungstür klingelte.

Gunter öffnete und staunte: Mit einer Flasche Wein in der Hand und einem verdutzten Gesicht stand Milan Mandzukic, Postzusteller und Sportsfreund vor Gunter, während seitlich die Badezimmertür geöffnet wurde und eine frisch geduschte, nackte Carla aus dem Bad heraustrat.

Die Engel hatten nicht zu viel versprochen:

Die angekündigte Überraschung war ihnen gelungen!

Totgesagte leben länger

Schon den ganzen Tag waren die Gedanken bei dem Brief gewesen, der unterwegs war und morgen ankommen musste. Das stürmische Wetter mit heftigen Schauern passte gut zum Zustand der Gefühle. Wie würde es weitergehen?

Doch das war jetzt nicht die Frage, die Sebastian in erster Linie bewegte. Zunächst einmal wollte er wissen, wie es dazu hatte kommen können? Er konnte immer noch nicht verstehen, was mit ihm eigentlich geschehen war.

In seiner morgendlichen Routine war er in die Küche gekommen, um sich seinen gewohnten Kaffee zu bereiten.

Wie stets schüttelte Sebastian zwei Süßstofftabletten aus dem Spender in seinen Becher mit dem launigen Aufdruck „echt heiß", den ihm eine Kollegin bei der letzten Weihnachtsfeier unter allgemeinen Gelächter verehrt hatte, gab erst zwei Teelöffel Nescafe und danach zwei Teelöffel Kaffeeweißer hinzu und füllte schließlich das Ganze mit siedendem Wasser aus dem Elektrokocher auf. Mit dem Teelöffel rührte er einige Male um, nahm den Löffel heraus und wollte gerade den Becher zum Mund führen, als er auf dem Tisch den Brief bemerkte.

Der hatte am gestrigen Abend noch nicht dagelegen. Claire, seine Frau, musste ihn wohl schon früh aus dem Postkasten geholt haben, bevor sie zu ihrer Arbeitsstelle im Altenheim gefahren war.

Wie Sebastian sofort feststellte, handelte es sich um einen Brief aus gehämmertem Büttenpapier in Übergröße. Er war versehen mit einem schwarzen Trauerrand.

Sofort war sein Interesse geweckt. Neugierig schaute er auf den Briefstempel, fand dort aber natürlich nur den nichtssagenden Hinweis „Briefzentrum"!

Ärger stieg in ihm auf. Früher konnte man es dem Brief bereits äußerlich ansehen, wo er aufgegeben wurde und das bedeutete, man konnte sich bereits in gewisser Weise auf den Inhalt eines Briefes einstellen, bevor man ihn öffnete.

Sebastian liebte es im Allgemeinen nicht, von irgendetwas überrascht zu werden und deshalb verunsicherte es ihn in diesem Moment auch, nicht zu wissen, wo der Brief mit dem Trauerrand aufgegeben worden war.

Voller Ungeduld und entgegen seiner sonstigen Gewohnheit holte er jetzt nicht das kleine Obstmesser um den Brief aufzuschlitzen, sondern nahm das Kuvert und riss es mit einer hektischen Bewegung an der Oberkante auf.

Dabei rutschte der Briefbogen halb heraus und ließ in fetten schwarzen Lettern den Schriftzug „lossa" erkennen.

Aufgewühlt von einer Vorahnung nahm Sebastian jetzt den Briefbogen vollständig aus dem Kuvert und blickte auf den Namen der Verstorbenen.

Seine Ahnung hatte ihn nicht getrogen: Es war seine Tante Katharina Stoklossa, deren Tod hier angezeigt wurde.

Tante Katharina, Tante Käthi, wie er sie als kleiner Junge immer genannt hatte, war tot.

Sebastian konnte es einfach nicht fassen! Die lebenslustige, immer fröhliche, muntere Tante Käthi lebte nicht mehr.

Für ihn war sie einfach zu einer Selbstverständlichkeit geworden; Sebastian hatte nie einen Gedanken daran verschwendet, dass sie einmal nicht mehr da sein würde.

Jetzt, wo sie nicht mehr lebte, erinnerte er sich spontan: An die lauen Sommerabende in ihrem und Onkel Johanns Schrebergarten an der Breisach, wo sie alle zusammen gesungen hatten und wo Tante Käthi sie mit dem tiefroten Himbeersaft bewirtete, der so lecker schmeckte, dass Sebastian den Geschmack noch heute auf der Zunge verspüren konnte.

Dann die Zeit, als sie ihn im Schmerz seines ersten Liebeskummers in den Arm genommen und getröstet hatte. Nur ihr und niemandem sonst hatte er sich damals anvertrauen können. Schließlich war sie es auch gewesen, die ihm ins Gewissen redete, als er in schlechte Gesellschaft geriet und mit einigen Kumpels begonnen hatte, Zigaretten und Alkohol aus einem nahegelegenen Kiosk zu stehlen. Sebastian war damals nur durch die tatkräftige Unterstützung seiner Tante davor bewahrt worden, straffällig zu werden. Sie hatte den finanziellen Schaden reguliert und den Kioskbesitzer überredet, von einer Anzeige abzusehen.

Sebastian konnte ihr heute noch dankbar sein für ihre schnelle Hilfe. Ohne sie hätte er wahrscheinlich niemals die Anstellung als Lebenszeitbeamter bei der Stadtverwaltung im Landkreis Unterweser bekommen.

Eine Zeitlang überließ sich Sebastian noch seinen Erinnerungen und beschloss sodann, jetzt unmittelbar einen Brief zu schreiben, in dem er ganz spontan seine Empfindungen über Tante Käthis Tod zum Ausdruck bringen wollte. Es sollte halt nicht der übliche Schmus in dem Kondolenzbrief stehen, den er jetzt an seinen Onkel Johann schreiben musste, sondern das ausdrücken, was ihn wirklich mit Tante Käthi verband und ihn jetzt nach ihrem Tod so sehr bewegte.

Sebastian ging in sein Arbeitszimmer, setzte sich an seinen Schreibtisch und begann zu schreiben, ungefiltert, so wie die Gedanken aus ihm herausströmten. Er beeilte sich, denn er wollte den Brief noch schnell zur Post bringen, bevor sein Dienst begann.

Es drängte ihn, Onkel Johann wissen zu lassen, wie sehr ihn Tante Käthis Tod berührte. Nachdem er den Brief geendet hatte, steckte Sebastian den Bogen ins Kuvert, schrieb Onkel Johanns Freiburger Adresse und seinen eigenen Namen als Absender auf den Umschlag und klebte darauf die Marke.

Dann verließ er sein Haus, stieg aufs Fahrrad, fuhr schnell am Postkasten vorbei, warf den Brief ein und erreichte nach kurzer Zeit seine Dienststelle bei der Stadtverwaltung.

Im Amt hielt es ihn nicht lange. Er war noch so aufgewühlt, dass er sich bei seinem Vorgesetzten mit Unwohlsein vom Dienst abmeldete und nach Hause fuhr. Dort angekommen, tigerte er ziellos durch die Wohnung, fand aber fand keine Ruhe.

Erleichtert war er erst, als die Haustür ging und er hörte, wie seine Frau Claire das Haus betrat. Jetzt hatte er endlich jemanden, mit dem er seinen Schmerz teilen konnte.

Claire merkte sofort, dass etwas mit ihrem Mann nicht in Ordnung war. „Ist dir nicht gut?", fragte sie Sebastian.

Statt einer Antwort deutete er nur stumm auf den Brief mit dem Trauerrand auf dem Küchentisch.

„Wer ist denn gestorben?", wollte Claire wissen, „ich war heute morgen so spät dran, dass ich einfach keine Zeit mehr hatte, in den Brief hineinzusehen, außerdem war er ja an dich gerichtet."

„Schau selber, Tante Käthi ist gestorben", sagte Sebastian mit heiserer Stimme.

Claire nahm den Briefbogen aus dem Umschlag und stutzte: "Da muss sich ein Fehler in die Anzeige eingeschlichen haben. Hier steht, dass Katharina Stoklossa gestorben ist, als trauernde Unterzeichnende stehen aber Johann und Katharina

Stoklossa. Das geht ja wohl nicht, gleichzeitig gestorben sein und als Hinterbliebene trauern."

Sebastian nahm Claire den Briefbogen aus der Hand. Für einen kurzen Moment stockte ihm der Herzschlag. Blitzartig wurde ihm klar: Er hatte einen ganz kapitalen Bock geschossen.

Die Todesanzeige bezog sich nicht auf das Ableben seiner geliebten Tante Käthi, sondern auf Katharina Stoklossa, die namensgleiche unverheiratete Schwester seines Onkels Johann! Er hatte also seinem Onkel Johann zum Tod seiner Frau kondoliert, obwohl nicht sie, sondern Johanns Schwester verstorben war. Vor lauter Scham wurde Sebastian abwechselnd heiß und kalt.

Was konnte er nur tun, um diesen schrecklichen Fauxpas ungeschehen zu machen?

Der Kondolenzbrief an seinen Onkel in Freiburg war ja bereits in einem Postkasten gelandet, den man inzwischen wahrscheinlich längst geleert hatte, mit anderen Worten: Das Schicksal würde nun wohl seinen Lauf nehmen und ihn zum Gespött der gesamten Verwandtschaft machen.

Kurzfristig erwog Sebastian, sich sofort ins Auto zu setzen und nach Freiburg zu fahren. Vielleicht könnte er dann noch das Unheil abwenden und seinen Brief abfangen, aber wie sollte er sich dort legitimieren? Der Briefträger in Freiburg würde doch keinesfalls ihm, einem völlig Unberechtigten, den nicht an ihn adressierten Brief aushändigen. Das wäre ja gegen alle postrechtlichen Bestimmungen und er, der schließlich selber Beamter war, musste das doch am besten wissen.

Claire, welche die Verzweiflung spürte, in der sich ihr Mann befand, machte Sebastian spontan einen Vorschlag.

Sie wollte Onkel Johann anrufen und ihn auf die Ankunft eines Kondolenzschreibens von Sebastian vorbereiten und ihn gleichzeitig bitten, dieses Schreiben sofort zu vernichten, es keinesfalls zu lesen oder gar seiner Frau zu zeigen.

In seiner Not und ohne weiter darüber nachzudenken, willigte Sebastian in diesen Plan sofort ein. Er war regelrecht dankbar, dass seine Frau in dieser heiklen Situation die Initiative übernommen hatte und für ihn die Kastanien aus dem Feuer holen wollte.

Claire griff zum Telefonhörer und wählte die eingespeicherte Freiburger Nummer. Wie stets, wenn etwas schief läuft, dann geht auch alles schief! Nicht Onkel Johann meldete sich am Telefon, sondern die angeblich „verstorbene" Tante Käthi. Wie es sich gehört, kondolierte Claire der Tante zunächst zum Tod ihrer Schwägerin und bat dann darum, Onkel Johann zu sprechen.

Als Onkel Johann an den Apparat kam, kondolierte Claire auch ihm zunächst mit belegter Stimme zum Tode seiner Schwester, veränderte dann allerdings abrupt die Tonlage und appellierte an ihn jetzt mit schnellen eindringlichen Worten: „Onkel Johann, sag bitte für einen Moment nichts, sondern hör` mir einfach nur zu. Sebastian ist ein fürchterliches Missgeschick passiert, er hat dir einen Brief geschrieben, der wahrscheinlich morgen in deinem Kasten liegen wird, den du aber bitte ungeöffnet vernichten sollst. Frag mich bitte nicht, warum du das tun sollst, sondern tu es einfach für Sebastian. Vielleicht kann er dir später einmal seine Gründe erklären und bitte: Kein Wort zu Tante Käthi! Wir können jetzt wieder normal sprechen und deshalb frage ich dich jetzt einfach nach den Einzelheiten zu der vorgesehenen Trauerfeier."

Onkel Johann hatte offenbar verstanden, denn er ließ sich nicht das Geringste anmerken, sondern führte das Telefongespräch mit lieben Grüßen an seinen Neffen Sebastian zu Ende, ja er fragte noch nicht einmal, warum Sebastian sich nicht selbst bei ihnen gemeldet hatte.

Nachdem Claire aufgelegt hatte, fiel Sebastian, der mitgehört hatte, zunächst einmal ein Stein vom Herzen, zu groß waren die Anspannungen der letzten Stunden für ihn gewesen.

Er war seiner Frau unendlich dankbar, dass sie offenbar eine Lösung für sein Problem gefunden hatte. Dennoch fand er keine Ruhe. Er war jetzt darauf angewiesen, dass alles nach Plan lief, dass es Onkel Johann gelang, den Brief unbemerkt an sich zu bringen, und auch, dass es ihm gelang, seine zweifellos berechtigte Neugier so weit zu zügeln, einen schließlich immerhin für ihn selbst bestimmten Brief einfach nicht zu öffnen.

Sebastian glaubte die menschliche Natur zu kennen, nicht zuletzt aus Einsicht in seine eigenen Verhaltensweisen. Diskretion war für die meisten Menschen buchstäblich ein Fremdwort und Sebastian hatte so seine Zweifel, dass Onkel Johann in diesem Punkt eine Ausnahme bilden würde. Als Sebastian aus dem Fenster blickte, bemerkte er, dass dunkle Regenwolken aufgezogen waren. Das stürmische Wetter mit heftigen Schauern passte gut zum Zustand seiner Gefühle. Er fühlte sich ausgeliefert. Es geschah etwas mit ihm, was er selbst nicht beeinflussen konnte. Wie würde es weitergehen? Wie würde sich sein Verhältnis zur geliebten Tante

Käthi und zu seinem Onkel Johann künftig gestalten? Würde es noch so unbeschwert wie bisher sein?

Das, was geschehen war, ließ sich nicht mehr rückgängig machen, auch wenn es ihm noch so peinlich erschien. Sorgenvoll vergingen Nachmittag und Abend für Sebastian.

Claire versuchte ihn zu trösten, sagte ihm immer wieder, dass das doch alles nicht so schlimm sei, er habe doch in bester Absicht gehandelt und überhaupt habe er ja nichts Unrechtes getan, sondern sei lediglich Opfer eines zwar dummen, aber letztlich nicht gravierenden Missgeschicks geworden.

Die gutgemeinten Unterstützungsaktionen seiner Ehefrau konnten allerdings nicht verhindern, dass sich Sebastian die gesamte Nacht mit Selbstvorwürfen herumplagte und einfach nicht zur Ruhe kam. Erst gegen Morgen fand er endlich etwas Schlaf.

Als dann um Viertel nach 9 Uhr das Telefon klingelte, war Claire schon zu ihrer Arbeitsstelle aufgebrochen. Noch schlaftrunken nahm Sebastian den Telefonhörer ab und wurde gleich hellwach, als er die muntere und aufgedrehte Stimme seiner Tante Käthi hörte.

„Hallo Sebastian, ich habe gerade deinen Brief gelesen, den du zu meinem vermuteten Dahinscheiden geschrieben hast. Ich bin ja so gerührt, mein Junge, was Du über deine alte Tante Käthi geschrieben hast. Dein Onkel Johann wollte mir deinen Brief ja eigentlich vorenthalten, aber da hätte er früher aufstehen müssen! Ich bin ja so froh, dass euer Plan nicht geklappt hat, sonst wäre ich ja gar nicht in den Genuss dieser wunderbaren Komplimente gekommen, die du mir mit deinen Zeilen gemacht hast, zumal ich mich jetzt ganz besonders freue, noch unter den Lebenden zu weilen. Die arme Katharina, also Johanns Schwester, kann das nun ja leider nicht mehr von sich sagen. Aber andererseits: Man sollte auch nicht so viel Aufhebens davon machen... irgendwann müssen wir ja alle einmal...".

Sebastian war ganz verdattert, die wegen seines Missgeschicks zunächst totgeglaubte, dann aber gleichsam wiederbelebte Tante jetzt so putzmunter am Telefon parlieren zu hören. Er konnte einfach nur, wieder einmal, über seine temperamentvolle Tante Käthi staunen und fühlte sich plötzlich unendlich erleichtert....

Was Sebastian zu diesem Zeitpunkt noch nicht wusste, noch nicht wissen konnte:

In gut einem halben Jahr würde ein Herzinfarkt dem Leben seines Onkels Johann ein plötzliches Ende setzen und in weiteren drei Jahren würde er, Sebastian, seine geliebte Frau Claire an den Krebs verlieren.

Nur mit Tante Käthi würde er noch oft und gerne über die guten alten Zeiten telefonieren: Über den unnachahmlichen Geschmack von Himbeersaft, über die Schmerzen der jungen Liebe, über die geklauten Zigaretten und natürlich über einen gewissen Brief...

Zeitfracht Medien GmbH
Ferdinand-Jühlke-Straße 7
99095 Erfurt, Deutschland
produktsicherheit@kolibri360.de